王明皓
著

# 东篱下

中国书籍出版社
China Book Press

图书在版编目（CIP）数据

东篱下 / 王明皓著. — 北京：中国书籍出版社，2018.8 （2023.7 重印）
ISBN 978-7-5068-6949-2

Ⅰ.①东… Ⅱ.①王… Ⅲ.①散文集—中国—当代
Ⅳ.① I267

中国版本图书馆 CIP 数据核字 (2018) 第 169953 号

## 东篱下

王明皓　著

| 图书策划 | 牛　超　崔付建 |
| --- | --- |
| 责任编辑 | 成晓春 |
| 责任印制 | 孙马飞　马　芝 |
| 出版发行 | 中国书籍出版社 |
| 地　　址 | 北京市丰台区三路居路 97 号（邮编：100073） |
| 电　　话 | （010）52257143（总编室）（010）52257140（发行部） |
| 电子邮箱 | eo@chinabp.com.cn |
| 经　　销 | 全国新华书店 |
| 印　　刷 | 三河市华东印刷有限公司 |
| 开　　本 | 650 毫米 ×940 毫米　1/16 |
| 字　　数 | 225 千字 |
| 印　　张 | 14.25 |
| 版　　次 | 2018 年 8 月第 1 版　2023 年 7 月第 2 次印刷 |
| 书　　号 | ISBN 978-7-5068-6949-2 |
| 定　　价 | 68.00 元 |

版权所有　翻印必究

# 目录

我那桌子 / 001
无字碑 / 004
窗　花 / 008
曾穿过这么一件衣服 / 010
小鱼儿 / 013
背　牵 / 016
钓　鱼 / 020
观插花 / 023
植物科学画 / 025
有种鸟叫毕勒儿 / 027
雨中情致 / 033
芒果的滋味 / 036
窗外的芭蕉 / 039
晒太阳 / 041

文人画的意韵 / 043

夜　醉 / 045

一个极其执着的人 / 050

应有的自信 / 053

那条江的痕迹 / 057

早春的悼念 / 059

浅谈高晓声 / 061

另一半的梦 / 064

心　债 / 066

格桥头村 / 069

骑　马 / 073

西家大塘 / 076

却道天凉好个秋 / 081

关于"黑哨" / 083

蔷薇花 / 086

有房朝东 / 088

想起了青云楼 / 090

新西兰的绿 / 094

墨尔本的河 / 096

悉尼的海湾 / 099

为先生祝寿 / 102

人要有根　/ 105
大　水　/ 108
理解语文　/ 111
紫薇花开　/ 114
琴　声　/ 117
迷　路　/ 120
阳光灿烂　/ 123
浦口站　/ 126
永远的老师　/ 132
为林丹夺冠想到的……　/ 134
夏天种树　/ 137
游泳紫霞湖　/ 140
潇洒游一回　/ 143
一种记忆　/ 145
"行者"印象　/ 149
激情永远　/ 151
留　影　/ 153
曾经"丢失"的历史　/ 156
胥塘桥下胥塘河　/ 159
种福堂　/ 166
陆坟银杏　/ 175

感受陪弄　／　180

金七老爷庙　／　184

圣　堂　／　190

穿越弄堂　／　195

卧龙桥随想　／　200

"西园"与"南社"　／　207

廊棚文化　／　211

一个并不过时的笑话"称土"　／　215

东篱下（代后记）　／　219

东篱下

# 我那桌子

原先,一进我那屋,迎面的写字桌就像个冠冕堂皇的人,高高大大,八只脚稳稳地立着,漂亮得很,那是结婚家具中的一件,五六年了,我还没正正经经用过它。

后来我终于有机会用它了,成天伏在上面写小说。三两个月下来,那眼就有些发花,小说就觉写得不那么妙,一切原先想好的东西,便都扭动着变了形,胸口也像有个东西憋住,堵得慌。我发现问题似乎并不全在我,是写字桌这玩意儿不怎么顺溜。便不写,用尺将桌一量,79厘米,它也确实太高了。这写字桌是木匠照图打的,所谓"没得规矩,不成方圆",木匠没有错。但我也没有错,不是说要量体裁衣么?不是还有个"削足适履"的笑话么?一旦思索到这上头,我便强烈地感到,倘若我再想在这桌前面坐下去,就得"削足适履"了。我的精神陡然振作起来,一下把写字桌掀翻,瞅了瞅,量了量,一切心中有数,便锯,八只脚,一律去掉5厘米,直忙得大汗淋漓，兴犹未尽。再坐到桌前，感觉极佳，让履适应了我的足，东西也就行云流水般地在笔下淌了。

过不到三五天，美好的感觉消失殆尽，那一身的不自在又卷土重来。我动动腿，腿的活动范围太小，人好像给固定在了椅子上，这就又找了个明白，桌子矮了，抽屉当然也是要朝下落的。卡住了腿坐在那里，坐相必然恭敬，样子也必然很蠢。愤愤然地就感到一张写字桌竟还有这般讲究！当然这会儿手又痒痒起来，拉出抽屉，就发现了问题的复杂，写字桌的各个部位，是一环连着一环的，不仅要锯抽屉的头子，要锯它下面的一个横档，还要把抽屉的另三面统统锯掉5厘米。犹豫了一下，想到了一劳永逸，便一不做，二不休，干了起来，两天后一切如愿以偿。再坐下写那劳什子，便又流水行云般的，感觉好极了。为了防备不测，这回我干脆把锯子什么的倚在了桌边，心中便觉有了底气，一直让它伴着我把小说里面的人写到了该死的死，该活的活。东西写好了，那个心情是极为自在的，连看那写字桌，也添了些自豪。天下有几人写东西，能像我把张桌子翻过来掉过去地锯，又锯得如此洒脱？

问题在于我的朋友们来，那眼神就不对，一进门，十个就有十个第一眼就盯着桌子。我心里毛毛问："怎么了？"他们就"哦，哦"着，顶多说一声："看上去好像矮些了。"于是人一走，我又重新打量起桌子，发现它的确不是原来的味了，很难看，像只欲爬不爬的螃蟹，又像只妇人们牵在手中"汪汪"叫的矮脚狗。我几乎在一瞬间恍然大悟，木匠照图打桌子，绝对没错，是我东西写得不顺溜，"睡不着觉怪床歪"了。于是我下定决心，以后东西再写得晕了头，也绝不再搞锯桌子的游戏了。

后来我又写。然而没挺出半个月，我又对桌子动手动脚起来。因为那种由写作而产生的困扰，那种闷闷的情绪又在无端地涌动。

这时，我发现这桌子不尽如人意的地方还有。

紫金文库

# 无字碑

　　立在明孝陵四方城内的那块神功圣德碑，据说原先并不是这一块。原先的那块因其过大、过于沉重而无法移动，终被弃置于阳山之侧了。此碑俗称为"阳山碑材"。阳山，自明孝陵往东行约五十里，靠近一个叫"坟头"的村子。

　　暮春三月，我慕名去看"阳山碑材"。从坟头站下车，沿条水泥铺成的路走一小段，就踏上了崎岖的山间小道。小路十分顽强地忽高忽低，曲曲折折地向山里伸延，越走越觉得两边的山朝小路挤压过来，一说话，声音就在山间回荡着，悠悠然地叫人生出一种与世隔绝了的孤独感，唯路旁一条山涧，泉水在跳跃般地流淌着，激发出些许的生气来。

　　见着"阳山碑材"是在转过了一道石壁以后。先是两眼豁然开朗，群山间托出了一片平旷的凹地来，继而扑入眼中的是两座小山似的巨石，拔地崛起，相峙而立，接着便见一道石壁，横亘在它们的身后，俨然铁打的城墙仿佛。我有些被这闯入眼中的景象镇住了，这就是久闻的阳山碑材三大件：碑额、碑座和碑身了吗？从小山似的两块巨石——碑额和碑座间穿过，走近碑身，便见那上面布满了凿痕，亲手摸摸，始信它确非天公的造化而是人力所为。又发现这碑身的下方悬离于地面约1米，俯身下望，只见它的底部已凿空了，只中间四五个支点与两头仍与地面相连着，想钻进去看仔细，才伸头，便有种整座山也会倾倒下来的恐惧，终不敢一试。据《南京简志》载，这碑身长48.3米，宽12.2米，厚4.2米。于是我试想着，若加上碑座的16米，碑额的10.7米，把这横躺着的碑身完整地竖起来，就有75米的高度，如若按三米一层的高度来推算，就是足足25层楼的高度了。然而楼房是可以一层一层砌的，而此碑却是实透了心的三大块呀！重约5500吨，当今世上有一次起运、吊装5500吨的机械么？

不知道。仰头朝这横卧着的碑身上望望，头脑真是有点晕眩了。

慢步走到碑身的西端，一折，便见碑身的后面与山体之间有道两人宽的石缝，笔立而又阴森森地伸展着，向里走十步，抬头一望，便觉天变得十分地悠远，只剩下了头顶上方的一条线，再向里行，石缝更窄，唯碑身与山壁上布满的凿痕，见得更加真切了。遂想到这碑身当年从这山的母体中分离出来的艰难。

此石缝太窄，太深，亦太高，偶有山风穿过，撞击于石壁间便给人以金属般的铮响，似凿壁声，闻声后人的心便有点儿悠悠然，直飞到当年那开山凿石的情境之中了。惶惶然觉得不宜久留，速速地退了出来。

唯耳边似还震响着以錾击石的铿锵声。

看着这横卧的碑身，我觉得它是一部无字的史书。它是明成祖朱棣为他父亲朱元璋准备的。当年为此动用了数万囚徒，毕十数年之功才搞成现在的模样。却又因为无法搬动，被弃置在了这里。这朱棣不是有点儿蠢吗？

但若想到开凿这碑是在朱棣发动了"靖难之役"以后的事，就可能琢磨出另外一点味道了。"靖难之役"朱棣金戈铁马，带燕赵之兵攻入南京，夺了侄儿的皇帝宝座。这本是篡位的举动，为服天下人的心，请方孝孺写即位草诏不成，干脆车裂了方孝孺，使之暴尸于市，又将株连九族发展到十族。第十族就是学生，连学生在内，朱棣整整杀了与方孝孺有关的八百七十二口。于是为了同是压服舆论的目的，腥风血雨在大江南北弥散开来，类似的案件连绵不断，以致各地都出现了"村舍为墟"的情景。也是从马背上打出江山来的明成祖朱棣，懂得舆论在于压服同时又在于制造，于是就有了此碑的开凿。

明成祖朱棣开凿此碑的全部奥妙，恐怕恰恰就在于凿碑这个行动的本身。用开凿这碑来证明他与父亲的血缘与亲情，来证明他的正统，如此而已……

这碑的另一端，目力所及我陡然发现似有条小路，曲折蜿蜒着能抵达碑的上面。我登了上去了，两面绝壁，无遮无掩，四米二碑身的厚度因了高，就觉得窄得不能再窄了，动一动就有了要摔下去粉身碎骨了的感觉，只好坐下来喘息着。无意间，我看到了我曾走进去过的那道被凿开的石缝，现在从顶上朝下看，便觉是被人轻而易举一刀切开的。轻而易举？也就在这一瞬间，我仿佛找到了一个新的视角，可能我真的把朱棣看得过于拘谨了。这碑材虽说巨大，可与更为巨大的阳山比起来，不过是在其中裁出的一条边，切出的

## 东篱下

一个角而已。朱棣自攻进了南京,杀了方孝孺们,可以说是把不服,不顺从的人连同这些人的情绪都统统辗成了粉末,他还怕个谁呢?不是吗?随即他的举动就是迁都北京,而后便大修长城,以全力对付可能南侵的北方部族,他当时感受到的确实威胁应该是在长城之外,而对南京这地界已经是很放心的了。

可能一切都被我想得太复杂了……

明成祖朱棣开凿此碑的动机,说不定简单得不能再简单了。天下者,谁家之天下?我的!一挥手间定下来的事,如此而已。

我从石碑上下来,山间只我一人独行。路边的山涧随着我自阳山而出,依旧一路伴着我奔腾激越,流水淙淙。

阳山碑材,它永远留在了我的记忆中,抹不去了。它独特,它确实是块举世无双的无字碑。其实,在中华民族的历史上,西安秦兵马俑组成的赫赫军阵,纵贯南北的大运河,横越东西的万里长城,不都是一座座无字的,举世无双的碑么?

阳山碑材,这块布满了凿痕的无字的碑,比之长城,比之运河,比之秦兵马俑来,它似被有意地浓缩了……

终于我走上了宁杭公路。等车时,才留意到对面路边竖着一块铭碑,蓝底白字,上书曰:坟头。我思想深处萌动着的东西豁然洞开,再切当不过了,坟头,数万凿碑人的白骨就埋在这里,它似为阳山碑材作了一个最有寓意,也最完满的注脚。

# 窗　花

我住底楼，一面临街，临街的一面我修了间封闭阳台。

站在阳台上，空荡荡的玻璃钢窗，觉得跟街反而更贴近了，回首阳台内，又会生出些家徒四壁的感觉来。我试想，若在窗上贴上些窗花，或两椅中放一茶几，或置一桌一椅一书橱，闲时独坐，啜茶、冥思、摆弄出些文字来……这便是间了不得的雅室了。

现在所说的窗花，不比先前，是种叫窗花贴纸的东西，各色的图案就印在半透明的塑料纸上，满贴于窗，一种现代的气息，很美。我看中一种是印着白花的，又试想着把它贴到窗上，便激动得有些透不过气来。那样，阳台改成的小屋，便一片的素白，一片朦胧的氛围了。当真要去买，才知它是舶来品，价格比很好的窗帘布还要贵出五六倍，却又潇洒不起来了。才体会到为什么只有个体户的餐馆、发屋的门窗上，才能极吝啬地贴上那么几条。这便生出些缕缕的悲哀。但一眼扫过成百上千个窗，竟没发现谁家是贴了这种

## 东篱下

窗花的，心境便也就祥和起来。

窗花的事就这样搁了下来。

入冬，那天飘了大雪，漫天皆白。夜里睡得很冷，第二天早起拉开窗帘，屋里骤然耀眼的亮，望一眼外面的阳台，全变了。开门走进阳台，从上到下所有的玻璃上都结了冰花。雾凇奇石、云海苍苍，雪花累累坠于枝，浪涛涌涌击于岸，都晶莹着，闪亮着，小小的阳台上气氛宁静而朦胧，变成了一个奇幻的世界。细着瞧，就可以看到热的气息与冷的环境在玻璃这个临界点上极富个性的幻化。先从某一点上凝散开去，如株巨大的榕树，枝杆恣肆漫延，接近边沿，也就越发地枝叶披纷，硕果累累了，每一笔都流畅自然，每一笔都精美绝伦。我惊叹不已，深深地陶醉了，蓦然意识到，这不正是我曾欲想有过的那么一间小屋么？天公的造化，它为我阳台的每一块玻璃上都贴了一幅窗花。

打开窗来，银装素裹，一片雪的世界。百厦千窗，窗窗都蒙上了洁白而晶莹的窗花。一夜的寒冷，催开了无数的奇葩。遂想到天公不吝我何吝，我需追回一个人生的潇洒来。

紫金文库

## 曾穿过这么一件衣服

  我曾穿过这么一件衣服，是件短袖翻领的白色香港衫。

  我在农村当过八年知识青年。八年时间，一个小日本也给打败了，时光不能算作太短，可我七六年初几乎是赤条条调回城的，身上的衣服无一件不是补丁贴着补丁。倘再穿这么一身去工厂，母亲旧脑筋，老也觉得不太适合于城里人的眼光。于是东拼西凑为我做一身卡其布的上下装，钱不说，家里三个人一年的布票便因此为我而付之东流了。但我总算堂而皇之地把一冬一春混了过去。春去夏来，转眼天又热了，卡其布的长裤长褂怕是不宜老焐着，母亲为此又犯起愁来。于是东跑西颠地动用了她全部的智慧、手段和精力为我做成了这件香港衫。

  那天我穿着这件香港衫上班，人朝车间门口一站，哇！众皆哗然。同事们围上来直着眼看，似先不忍问，等看够了，这才用最简洁的字下评语，"抖！""飘！""摆！"继而才问："什么料子

## 东篱下

的？"见我不答，几个女工就伸手来摸，而后又捏，使劲地捏，见怎么也不起皱，才"乖乖"一声说："化纤的！"

于是这天一有空，就有人来问我到底什么料子的？维尼纶的？的确良的？还人造棉的？那个意思就再清楚不过。于是我总支吾其词，我为此苦恼极了。我母亲为我做的这件衣，人上托人，来龙去脉我太知道其中艰辛，我太知道底细了，但我不能说，说出来人家以为我路子宽，托我也搞一件，我朝哪搞去呀！那年头化纤织物是个稀罕，原因就在于它穿在身上不但飘与抖，胸一挺，就能摆出派头来，主要还在于它耐磨，一件能顶棉的两三件呢！

还是那一日，下班了，老天仿佛怪我太固执不肯说出底细来，和我开了个玩笑。下班的时候太阳还明明斜挂在天上烤人，可快走到汉中门大桥正是个无遮无掩的地方，天说黑就黑说下就下，雨都像泼下来一样朝人的身上浇，我们下班的人号叫一声，就没命地朝桥对面老远的汽车站跑。到了汉中门车站，雨又停了。一齐跑过来的几百人没一个不被淋得落汤鸡似地，相互欣赏着便就骂老天，骂着骂着就一齐盯着了我，说我"背后有字"。"尿素，日本字！"有人大声叫起来，"原来这是日本的化肥袋子做的呀？"我的头"嗡"的一下，忙把衣服脱下来看，已被洗得十分模糊的"尿素"二字，见了潮湿又从反面透了出来。

我一时间愧得几乎无地自容，我这才明白，母亲为我苦心经营来的衣服，无意间却把"耻辱"二字印在了我的背上。旁边有人不知是有意还是无意地说："人家日本的化肥袋子做衣裳，也抖！"接着立即有人"呸"的一声，是个老头，只见他赤红着脸跳起脚就骂了起来。人们都望着老头，老头就格外地激昂了，一指外秦淮河，"三七年日本人从这里进城，杀的人河边都堆满了，你们见过没见过？可今天，他又把尿素袋子给我们老百姓当衣服穿了，穿了呀！"

　　我赤膊悄悄地离开了聚着的人群。可人群并没有散，就像是围观新街口那两棵不可能开花，据说又偏偏开了花的白果树一样，围着那老头。那老头那天只说我那件衣裳，只骂日本人，一点点也不骂别的；说得慷慨激昂，骂得痛快淋漓乃至于随心所欲。我走出老远，还听见百十张口齐齐地对着他，喝出一声"好"来。

　　这就是我那件白色香港衫的故事。

　　从那次以后，我再也没有穿过它。

　　现在想想，若能找到它留作个纪念，该有多好。可惜它早已不知所踪了……

东篱下

# 小鱼儿

过去生活在乡间,居住的茅屋不远处有个小水塘。这是口吃水的塘,一村人洗菜、挑水都在这里,因此这个水塘养护得很好,水很清,修了石码头,一级一级的巨大青条石,向塘的中心伸去老远。都说水至清则无鱼,这塘里不是没有鱼,有,很多很多,却是长不大,永远也只有一寸半左右的长度,所谓无鱼的鱼,大约就指的是它们了。

水清长不出大鱼,但清水里的小鱼却充满着一种童趣。冬天,小鱼儿游到了水浅处晒太阳,悬浮在水中一动不动,柳宗元《小石潭游记》中的"皆若空游无所依"一句,我就是在这里体味到其中神韵的。若至夏来,你赤脚站在石码头上挑水,水浅浅地浸过脚脖子,它们就三条两条箭般地游来,啄你的脚,很痒,每每的总想用淘米的篮子捞上几条来,可它们都在你的篮子周围不远不近不急不忙地游弋着,稍一动,那水面上就激起了无数朵的小水花,无踪无影的了。我想全部都是因为水太清的缘故，你看得清它，它也看得清你。也曾试着用鱼钩来钓，但由于小鱼儿们的嘴太小了，而我又没有（至今也没见着）更小的鱼钩子，所以屡屡的努力皆成白费的心机。不过钓这鱼，从来也没有动过吃它们的心思，自然的物件，生在塘里仿佛就是一趣。

村上有个老头儿，他却有专门捕捉这鱼的法子。他有一张大网，线极细，网眼织得只有黄豆那么大，网像一个兜，两边用长长的竹竿支撑着，手抓着竹竿，竹竿的另一头顶在肚皮上。他站在那石码头上，竹竿，网，身子一齐侧向左边，腿半曲着，发力，一蹬，竹竿身子就猛地向右晃去，网撒开了，几乎就足足兜住了半个小塘，而后将分开的竹竿在两边打水，把小鱼儿向网里赶，再慢慢地起网，起上网，一网都是细碎的银白色，在跳跃，在挣扎。之后你路过这老头的门口，就会看见他家的门板上一条一条贴着火柴棍长短的小鱼儿，满满一门板，在晒。想想小鱼儿在水中的情形，就觉得有了几分残酷，有点触目惊心了。

这老头儿孤身一人，好酒，打这小鱼，不是为了生计，是为了下酒的，看来这也是他的一趣。便想到了他的那张网呵，每个黄豆粒大的网眼里都仿佛渗透着他的这一趣。

现在住城里的小院，对门有一父一子二人，经常是礼拜天的一早，出门钓鱼。他们钓鱼的模样有点异乎寻常，老子把七八岁的儿子朝自行车的后座一放，车笼头上挂个黑包就出门了，从来也没见带上钩子杆子之类的家伙。出于好奇，有回我也跟他们一道去。他们钓鱼的地点就在鸡鸣寺附近的和平公园里，那儿有口小水塘，塘不甚深，水是茶色的，却能见到底。到了地方，当父亲的从黑提包里拿出几只空瓶子，解嘲似地对我说："这算什么钓鱼呀，带儿子玩玩，寻个小快乐罢了。"我看看这瓶，是那种口略略小点儿，肚子稍稍大一点儿的水果罐头玻璃瓶，瓶腔处系着绳子。当儿子的在瓶里丢点面包屑，当父亲的又往里灌满了水，父子二人就拎着瓶颈处系着的绳子，一个一个慢慢地将它们放进了塘里，又将绳子的另一端拴着的小竹棍插在岸边，做完了这一切，他们扭头向我嫣然一笑，而后就聚精会神地默坐着，注视着水塘。这时水塘光滑得像一面镜子，岸上的白杨、雪松、亭台，青的、绿的、红的都收了进去。过了一会儿可能是看得够了，当父亲的说："差不多了吧？"儿子就伸出小手拔出插在岸边的小竹棍来，小心翼翼地朝上提，玻璃瓶就缓缓地出水了。两条小鱼儿在瓶中自在地游着，只是略略有点儿吃惊地望着已变幻了的陌生世界。儿子"嘿"的一声欢呼起来："钓到啰！钓到啰！"一种天真烂漫的童趣把游人都感染了，都过来看瓶里和这孩子一样充满了稚气的小鱼儿，笑了。

那天钓回的二十几条鱼就养在他们家的一只大玻璃瓶里。我每天经过他们家窗口，都要伸头看一看。天数长了，小鱼就不似先前那般活泼，你用手指弹一弹玻璃瓶，它们才懒懒地动一动。于是，便就又到了一个礼拜天的上午，儿子对父亲说："爸爸，小鱼儿不那么神气了。"父亲说："好，那我们就再去钓吧。"儿子兴高采烈一蹦一跳出地跑进了房，出来时手上已捧着了那只装小鱼儿的大玻璃瓶，走进阴沟边，"哗啦"一倒，小鱼儿挣扎着在沟边跳跳，又都一律滚进了沟里，霎时间全无了踪迹。

我见了，我大吃一惊，我这才完全明白，他们的钓鱼，就是这般周而复始地进行着。呜呼！为了一趣，小鱼儿们原来同样付出了生命的代价。这瞬间，我一直留念着的乡间那口小水塘，便也在我的脑海里波澜迭起，那张网眼细碎的大网，便又好似狠狠地向塘里撒去。

## 背 牵

向北面望去，那里的山很高，很雄阔的，一层一层又一层，层层叠叠。

北面的山向南面伸来，便为余脉了，黄土的岗，灰色的丘，站在岗脊上四望，高起、落下、落下、高起，一派波澜壮阔的模样。

村子离街有十里，街是当年公社的所在地。每年初冬，西北风吹奏起嘹亮的呼哨时，我们要往那里送公粮的。为避开大起与大落，我们每次总走的是岗脊。岗脊是一面斜坡，北高南低，慢慢地伸延了十里。送粮用的是独轮车，木头的框架，木头的轮子，连车轴都是木头的；轮子很大，很笨重，轮子两边的车架上，各缚上两只装粮的麻袋，一推起来就"吱儿，呀呀呀""吱儿，呀呀呀"地呻吟着，好似为西北风的奏鸣插入了十分和谐的低音。推这车，需用一条麻绳与布编织成的"背挂"，两头拴在车把上，中间搭在两肩上，手握车把推，需要不断寻求一种平衡。因此推车

## 东篱下

人的屁股就是一扭一扭的,步子也是一叉一叉的,叫人看了便觉得十分地费力。好在推这车送公粮,一路都是坡,要再配一个背牵的人。

那时刚到乡村,不谙农事,凡背牵的活,队长都分配我去。初次背牵,推车的是个中年汉子,人很壮实,光胳膊就有我的小腿粗。他见我看见独轮车很新鲜,就说:"试试?"我上去才将车把朝上一提,车就朝一边倒去,轰然一声,车把打在肋骨上,闷闷地痛了半天。那汉子很宽容,说:"不容易的吧,还是我来。"我们费尽了力才把车子扶正,他蹲下背好"背挂",握着车把一点点地站起,小腿肚上的肉就不住地颤抖着,最后腿一蹬,站起了,他笑笑对我说:"这车上六七百斤的分量,就全压在我身上了,向前走的力,就全靠你了,不然一趟下来,我非吐血不可。"于是我们一队十几部车,就开始"吱儿,呀呀呀"地向北挣扎而去。我的背牵生涯从此开始了。这以前,我接受的都是要赤胆忠心,要虔诚的教育,因此,我背牵总是埋着头,弯着腰,牵绳总是深深地勒进肩里的,生怕稍稍一松劲,后面推车的人就会哇地吐出一口血来。然而向北去的路,一路的斜坡,西北风顶头吹得烈了,喘气,口一张,一口风就呛时嘴里,连气也喘不过来,便一步步走得沉重而艰难,背过五里路"歇畔"的时候,毛衣也汗湿透了。

上午一趟,下午一趟,几天背下来人累得就差在地上爬,但那时的我就像着了魔似的,硬是挺着,还是一步不松埋头弓腰地背。一齐推车背牵的人都奇怪,都说:"小王,你怎么这样背,哪有你这样背的?"我有些疑惑,我问后面推车的汉子,我说,"你推得吃力么?"他一脸都是懊丧的神情,嗨了一声说:"你们城里人,连背牵都不会背,不得法,差点点,我就要吐血了。"周围的人都笑了起来,好几个人都说:"怎么办呢,把他换给我背算了。"我慌张起来,我说:"别,别,别。我就给他背。"我觉得换人是对我的否定,再说,这么壮的一条汉子推由我背牵的车都吃力,何况于别人呢?那汉子便替我解围说:"怎么办呢,回家我多吃两碗粥罢了。"周围的人又都笑了起来,于是我们又上路了。漫漫的十里斜坡路,我背得格外卖力,车总是一溜烟跑在前头,然而我总觉得,人们的笑,笑得有些神秘。

慢慢地我对周围的环境与现实开始熟悉起来,慢慢地,我的身体在十七岁这个年龄上便无法扼制地发育壮实起来,随着身体的充实,我便慢慢地开始能端起车把,而后又能把小车推起来。两年后当我第一次推车送公粮,第一次有人给我背牵的时候,我心底潜藏的疑惑终于豁然洞开。这车只要装得好,把重心不前不后放在轮子上,推车人把稳了车稍一用劲,车轮就直滚。我琢磨着我背牵时的情景,回味起去街上两年中几十个来回走过的路,有了一种被驾驭被驱使的感觉,便又深深体味到了一种阴险、一种愚弄。给我背牵的是迟我两年下放的镇江知青,和我两年前一样,很瘦、很弱的样子,他背牵时,也很卖力,也很虔诚,也是一副唯恐推车人吃不消嫌弃了他的样子。车"吱儿,呀呀呀"地行进在路上,其余背牵与推车的人,讳莫如深地相视一笑,由他背去,并不作声,我便又觉活脱脱看到了两年前的自己。走一小节,我就忍不住对前面背牵的说:"过沟,过坎,用一下劲,在路上,你的肩膀只要带一带就行了。"说完我感到心里一阵轻松,在可以支使驾驭另一个人的时候,我偏偏没有,因为那年月把别人的虔诚无耻地愚弄着的情形多了,一旦回过味来,它只能叫我恶心。

我们行进在那漫漫伸延了十里的斜坡路上,伴着风声,伴着车

东篱下

声，抬头北望，北面的山依然很高很雄阔，层层叠叠的；而周围的丘陵坡岗，也依旧是此伏彼起，一派波澜壮阔。由此我便第一次感悟到了人生道路的壮阔与艰难，每走一步，都要花费力气的。

# 钓　鱼

　　那时在乡下没有星期天，我们当知识青年的就自己给自己一个星期天，日月就好似有了指望，不像先前那么漫长了。

　　到了星期天，我和我的同学就去钓鱼，村周围大大小小十几个塘都钓过了，从来没钓上什么鱼来，我们用的钩子都好像和姜太公的一样，是直的。其实主要的原因还在于我们钓鱼的模样有点儿特别，除了钩子竿子以外，我们总忘不了还要不伦不类地背上个书包，到了塘边将钩子放下去，只要屁股一落地，劳累了一星期的骨骨节节就酥松下来，一切便也就荡开去，再倚着树翻开书来看看，浑身的舒服呀，真觉得是个神仙了。

　　村的老远有口塘，圆圆的直径只有八九米模样，因为小，叫小小塘。那时生产队从来也不朝里放鱼苗，倒是过两年总要把塘水抽干了，挖一回塘泥来肥肥周围的麦苗，所以捕鱼的人从来不在这里撒网。我们恰恰反过来，别人不去的地方，我们偏偏爱去，

## 东篱下

因为这里背，这里静，特别是绕塘一周不远不近地种了许多刺槐，到了春天，刺槐花开了，一嘟噜一嘟噜雪白的串子挂着，暖风徐来，清香四溢。也就是那个春天，我们第一次到这里来钓鱼，打了窝子才将钩子放下去，好像故意不让我们借故发懒看书似的，浮子动了，我们的神经一下子为之绷得紧紧的。接着浮子沉下去三个又朝上浮出两个，一拎，嘿！一条鱼，挂在钩子上直蹦直跳的，等看清了，不禁笑起来，这哪算什么鱼呀，是条连头带尾才二寸多一点点的小鲫鱼，下了钩子朝盆中一丢，它便又撒欢似的游起来，无忧无虑的了。由此我和我的同学一发而不可收，只要把钩子朝塘里一放顶多不过两分钟，准能拎上一个鱼来，我们的竿子便此落彼起，忙了个不亦乐乎，静静的四周也就渗进了欢快而热烈的气息。

直到中午这一切才渐渐地归于平静，再盯着浮子，一动不动了，塘面光滑得如一面镜子，把竿子一扔，这才顾得上看鱼，那是满满两大脸盆的鱼呀！奇了，小鲫鱼，二寸多一点点长，一样大小，活像是一个妈妈生的！看着它们像泥鳅般在盆内拱来拱去瞎挤着，就觉得稚气未脱的我们，钓了一大群同样幼稚的鱼。

我们第一次钓到鱼，我们第一次钓了这么多鱼，怎么办？盯着看了许久，觉得如将它们下到锅里，那么我们今天的快乐，连同我们的纯真与稚气，便也一齐投进了油锅，再也没有了。于是我们不约而同端起了盆，呼啦一下把鱼倒回了塘里，塘面上噼噼啪啪，好似下了一阵鱼的雨。我们相视着笑了，都说，"再来吧。""下回再来吧。"

一个星期后，我们又来了。先还疑疑惑惑，可是一旦下了钩子，鱼就像上次一样，一条一条急不可待地上来了，而且还是我们上次钓到的鱼,这简直是童话了,信不信由你。

那时我模模糊糊感觉到,怕是这些鱼儿了解我们,我们只为了钓,而不是为了鱼的。

东篱下

# 观插花

在中山植物园,我从一座小石桥上走入了药用植物园。

在那座似乎傍依着山峦的仿明代建筑的走廊上,看见廊柱上贴一纸,曰:"腊梅插花展由此向前,不收费。"便沿着所指方向,走进了那处展室。

进了东侧的展室,里面有三两个人,静静的。这屋约四五十平米,沿墙摆着条桌,桌上放置着展出的插花。这一屋子的花是远远说不上灿烂的,我走过去,有位文质彬彬在此值班的老太太,就跟上来依次地把一盏盏对着壁的聚光灯打开,墙上就是一片柔柔的白,柔柔的亮了,那一瓶瓶的花,静中寓着动感,就格外地亭亭玉立着了。这些"插花",不过是将些黄灿灿的腊梅,以及别的什么青绿绿的叶子,红红的果实集于一处,插出各种姿态,人工地生出些情趣罢了。可是,走到屋子的尽头一转弯,就觉得不同了,那里有一种逼人的东西在浸润你,令你目不暇接。那是又一种插花,插花的瓶是用青翠的毛竹做成的，看上去很简洁，像是寥寥数刀砍出来的，根据不同的命题，巧妙地呈现不同的造形，插上腊梅，衬着各种不同植物的叶与果，交织成了不同的姿态，从来没见过，十分新巧别致。那组《故乡的回忆》，于疏疏的篱落间牵出一蔓青藤，冬季的腊梅放了，引出了一脉淡泊而恬静的田园风光，也蕴含着作者的一种眷念一种深情。还有《西窗烛》《岁寒三友》，其韵味都是悠然而深沉的。《岛国情》的节奏则明快而跳跃，作者把三两根作瓶的竹筒横吊于半空，像那结伴而行的竹舟，南国风光只一笔就定了基调，再插上腊梅，衬以阔叶的枝与藤，一派热带风光竟活了一般，而腊梅金灿灿的花朵闪烁其间，竟又是那样的和谐。如果说这一屋子几十瓶插花，是一曲曲丝竹乐，那么这《岛国情》就可算是敲响几记南国的铜鼓。

看完了，立在门口，我却停住了，似乎觉得就这么走了，有点可惜。

这是一个文化氛围很浓的展览，办得一丝不苟，却又是全市唯一一处不收费的。而在这个冬日下午此时此刻前来参观的，我与妻子女儿共三人，又是唯一的一家人。而这时我突然看到了那位值班的老太太，她一直都与我们默默地保持着距离，同时又在为我们依次地打开着灯……

一个公益性质的展览，办得却是这般地认真，我怦然心动，感动得快下泪了。一个好的心境与氛围，是花钱买不来的。我又觉得可惜了，这么好的一个展览知道的人却不多……

东篱下

# 植物科学画

一个新鲜的名字，植物科学画。

那年我见到这种画，是在中山植物园一间不大的展室里。我先看得不怎么入道，后来却又深深地被撼服了。

植物画画的当然都是植物，其中有铅笔，钢笔画的，居多的还是浓墨重彩的那种，这些画见着就慢慢地叫人起疑，就不知这植物画到底与素描，与国画油画有何区别，看一圈后便注意起了那几副亦可叫素描的画来，每幅画中只画了一株植物，铅笔或是钢笔勾勒出的线条极其准确简练，并且是从根茎，到枝叶到籽实都展示了出来。我看着的感觉有点奇异，觉得这是将一株植物仔细地从泥土山石中拔出，而后将这植物躯壳连同它的灵魂都按到了纸上，从而赤裸裸地展览了它的一生。于是我理会到了这画视角的与众不同。

而后来真正叫人炫目的，便是那些着彩的了。它们猛一眼看去，简直和彩色照片毫无差别，叫人倍感困惑的是能照为什么要画呢？我仔细地琢磨着，渐渐地发现了它们和照片的区别。它们特别重视的是表现植物的原生状态，不特别显扬某一部分，也无意隐去什么，一切似乎是该怎么就怎么，五彩斑斓花朵上的粒粒花粉，叶上花上的锈斑，茎上的毛刺，无一不画得毫发毕现。这里没有一点朦胧的意识，没有一点印象的痕迹，不打哪怕一点点儿马虎眼，却将那么种盎盎然的生机，那整个儿的一个生命突显在世人的面前。这些一笔一笔画出来的作品，让人看了仿佛也陡增了些许直面人生的勇气，也就感到了这画中体现出的一种科学与艺术的临界，也以为这也是种独特的意境了。

这就是我见过的一个画展，确有些独特处。人和植物关系太密切了，然而都又疏远得久了，人在利用植物的同时，又在大规模地毁灭着它们。见着了这些植物画，窃以为它们展示给人看的，除了某些独特的科研需要而外，作者又将他们对于大自然的热烈拥抱的情怀，对与生存环境和谐的渴求，通过这种"植物科学画"传给了观画的人，倘没有这么一种作画时的境界，是很难画出来的，作者也难以耐得住作画的寂寞。

此类画的作者，多为一位叫陈道荣的先生，一位叫韦力生的女士。

真希望这一新的画种，早日登入更辉煌些的艺术殿堂。

东篱下

# 有种鸟叫毕勒儿

毕勒儿是种鸟,南京人都这么叫,真实的学名叫什么,我也不知道。

我家这只毕勒儿,是女儿要养的。毕勒儿养在一只小小的鸟笼里,笼子的两头各挂了只小瓷罐,一只盛水,一只装食。笼子不是和毕勒儿一起买的,那是前几年有人送了只麻雀给女儿,起先装在鞋盒里,由于经不住女儿激动不已的纠缠,我便带着她到夫子庙买了这些。回来后将麻雀装进去,谁知大失所望,那只麻雀在笼内极尽挣扎后,无望了,便不吃也不喝,两天后的一个早晨我起床一看,死了。麻雀死了的样子很可怜,肚皮朝天,眼是半闭半睁着的,两只脚爪弯曲着缩在肚皮上。

后来才知道,这麻雀是绝食而亡的,它不是笼鸟,不能把它养在笼子里。

因是经不住女儿的纠缠,初秋的时节我从路边买了这只毕勒儿，买回来就连笼子挂在阳台下。望着毕勒儿在笼子里一个劲儿地扑腾乱撞，就有些担心，怕它明儿一早，就又成先前的那只麻雀了。于是对女儿说："还是放了吧。"女儿像只雀儿似的立即就又蹦又跳了起来："那，不行！那不行！"不行就只好养着，就只好等着明儿一早再现的悲剧了。我于心不忍地望着笼内，这才发现那里面有水而无食，于是便把这一夜有无鸟食的问题，提高到了一个人道主义的角度上，便记起了卖鸟人说过，毕勒儿吃的食，叫酥子。于是特地蹬车奔了一趟夫子庙，夫子庙缺货，却说中药房也有，我就又奔了中药房买回一包酥子。回来后将酥子装进食罐，就和女儿一边呆呆地望着。毕勒儿又乱蹦了一气，就一下跳上了食罐，侧眼望望，伸嘴就在食罐里衔了一粒。

我和女儿都笑了，至少，这毕勒儿的气性，就不似麻雀那么长了。

第二天一早起来，第一件事就是看毕勒儿。毕勒儿没死，见有人来，就又在笼中蹦跳瞎撞，我和女儿退到屋里，躲在窗后偷偷地望。过一会，没人了，毕勒儿也不跳了，静静地栖在笼中的横杠上，嘴一滑，理一下羽毛，就把头侧过去看着食罐，看一下，就把头伸进去啄一下，啄一下嘴里便衔出一颗酥子来。它吃酥子吃得很精巧，并不是立即就咽下肚的，而是含一粒在嘴里，像人吃瓜子般地一嗑，嗑掉了酥子的皮，这才舌头一卷把仁吞进肚里。如是这般嗑了几粒，就又望着笼外蹦跳，蹦跳了一阵，就又栖在了杠上，这回是两只小爪一下一下横着移动，移到了装水的罐子边，喝了口水就又蹦起来。蹦就由它蹦去好了，我的一颗心终于放了下来，我觉得这只小毕勒儿是不会死了，同时我又感到这毕勒儿是一种非常明智、很懂得些哲理的鸟儿，望着笼外乱蹦乱跳，是抗争，而这抗争

## 东篱下

是首先需要在保证了生存的前提下进行的。院内叽喳着飞来两只麻雀,就翩翩地落在那几株碧绿芭蕉的叶子上,毕勒儿愣痴痴地望着它们,忽地一伸脖子"吱儿"一声嘶哑的长叫,这是对同类们的求救,听来毕竟有点太凄切了。

我第一次听这种叫毕勒儿的鸟唱着一只完完整整的歌,是在一星期以后。

那天当太阳从东面楼群的缝隙中向我的小院伸进第一缕阳光的时候,毕勒儿栖在杠上似乎很兴奋,脖子一伸,叫了。它的声音并不很脆,却十分圆润婉转,时而叽喳、叽喳、叽叽喳,时而吱儿溜溜、吱儿吱儿,时而又是唧唧唧、唧唧,让人听来,活像是一会儿在低低自语,一会儿又像是把森林中群鸟在欢唱,都引到了这里。独吟与合唱在它的喉头是瞬间变幻着的。毕勒儿发现我在偷看,声音戛然而止,便又在笼中茫无头绪地蹦跳起来。跳了一阵就一动不动地立在杠上,斜着点头睨视着天空,可是今天外面连只麻雀的影子也没有了。我望着它,我的思绪还徘徊在它刚才的鸣唱之中,那鸣唱其实是在一种无可奈何的境地中,对于自由,对于回归大自然的向往啊。

我总觉得我是不是有些太残忍了,我跑进里屋和刚刚起床的女儿商量,女儿小嘴一噘说,"不行,不行,飞到外面没吃的,饿死了怎么办?"

孩子有孩子的思路,为了一只雀儿与孩子认真,何必呢?我就算了。

的确,我们这只毕勒儿是不需为它的吃食犯愁的,它在小竹笼里过着一种放开肚皮吃饱饭的生活。每次上食,我都将那只食罐装上满满的酥子,渐渐地它吃得越来越放肆,吃一粒,嘴一划,酥子纷纷撒出来,及至吃到罐底,也是漫不经心地将头伸进去,叼出一粒,在嘴里含着转来转去,老也不嗑,稍一松,便掉出来,头又伸进去含出另一粒。它的那么一种轻慢,那么一种不以为然,简直就是一种挑衅,叫人见了无端地就会生出一种愤愤然来。于是我再喂食,便是在食罐内浅浅地装一层,让这毕勒儿始终处于一种半饥半饱的状态。果然不过两天,它就一改前非,吃得一粒不剩一粒不撒,非常地节俭了。当然日子一长,这喂食也难免有忘了的时候,这时小毕勒就可怜了,全身的毛泡成了一个绒球,身子缩在里面,并且再也不栖在杠子上了,而是在笼底中蹿来蹿去,两眼呆滞地盯着笼子的竹栅栏望一会,便又把头在竹栅栏间挤,无济于事,就又蹿,蹿着蹿着冲过去,用胸脯朝栅栏上面一撞,是那种求生的或是对于生的淡漠的一撞。每当我察觉后,总是久久地内疚着。

　　由初秋到了寒风潇潇的冬季。冬季里麻雀们都瑟缩在房檐下或是楼顶的隔热层里,再也难得听见它们的喧叫了,我的小院里便再也看不见它们栖息或者掠过的身影了。小毕勒也感到了冬的威胁,常常缩成一团栖在杆上打盹儿,或是用脚爪钩住竹栅栏,倒悬着身子将头不断地在一根一根的栅栏间试探。于是我白天也不将鸟笼挂出去了,就把它挂在卫生间的窗子旁。这卫生间贴满了瓷砖,很小,很洁净,也很暖和。很快小毕勒儿便似恢复了元气,便每日独自一个在那里唱歌,断断续续地唱,一唱就是一个上午,一唱就是一个下午。冬日的家中时时听见鸟啼,是件乐事,但天天听也就习以为常了,听得淡漠了。终于有天女儿对我说:"爸爸,小毕勒儿老一人唱歌,多寂寞呀,我们把它放掉吧。"早已有之的恻隐之心一下子在我心里复苏了,可是我说:"现在不能放,外面天寒地冻,放出去小毕勒儿会冻死饿死的。""那什么时候能放呢?"我说,

## 东篱下

"春天吧。"我说,"毕勒儿是候鸟,春天了,它的同伴们又从南方飞回来了,它们会合了,这只小毕勒儿就不会寂寞了。"于是女儿过几天问一回,"春天到了吧?"她在天天盼着春天,我也在心里盼着春天,是为了我们的这只小毕勒儿。

屋檐下的冰柱一根一根地掉在地上跌碎了,湖里的冰冻融解了,杨柳绿了接着桃花又红了,梨花也开了,一时间大地被铺上了一层色彩浪漫的毯子。麻雀又叽叽喳喳地在我的小院里叫着了,放小毕勒儿的季节到了。

那天我和女儿把鸟笼放到了向着院子的阳台上,在卫生间那方小天地中蹲了一冬的小毕勒儿,对外面的一切都很新鲜,栖在杠上四处张望着,忽地就在笼内拍打起翅膀来。我让女儿打开了雀笼的门,毕勒儿麻木着,过了会儿,它才张望出名堂来,一蹦便立在了门口,伸出头十分惊讶地朝外面探望,接着就扇动两下翅膀,朝外一冲,飞出来了。它飞到了院子的矮墙上,望望高楼,望望院子,望望街道,忽地浑身羽毛呼呼一抖,伸着脖子叫了两声。女儿终于忍不住低低问:"它怎么不飞走呢?"我也目不转睛地盯着,我说:"快了。"果然语音刚落,小毕勒儿就飞了起来,却是从这头的矮墙上又落到了那头的矮墙上,落下就歇着,抖抖羽毛,理理羽毛而后又啾啾地叫两声,又飞起来又落下,便用嘴到处啄啄,像在觅食,虽是一无所获,却全然一副快乐至极的模样。忽地有三五只麻雀从院的上方飞过,小毕勒受了惊,蓦地腾飞起来了,女儿欢呼着,跳跃着,"小毕勒飞走了!飞走了!"女儿的声音很高,毕勒儿也飞得很高,可是很快毕勒儿就离了群,在天上盘旋几圈,就落下来,落在鸟笼上,朝笼内瞅瞅,一下从门洞钻到了笼子里。我的思想凝滞了,一个子变得目瞪口呆,直到女儿不住地推着我,用几乎要哭的声音问我毕勒儿为什么不飞走时，我才从惊愕中醒过来，看看笼内，小毕勒儿正一粒一粒地啄着食，在外面溜了一圈，它饿了。

我隐隐地感到一种莫名的悲哀。

小毕勒儿正一粒一粒地啄着食。笼子里的一切好像什么也没发生过，但那里面的确发生过了什么。我盯着这只鸟儿，它在南京的俗称叫毕勒儿，它形体大小如麻雀，羽毛却不同，黑翅膀，绿脊背，黄胸脯……

东篱下

# 雨中情致

江南清明过后约莫半个月,是栽插早稻的季节。

那时的天多是阴雨绵绵,阴却不是阴沉,透着些许的亮,亮中漫天飘飞着无尽的雨絮,让一切都变得朦胧了。田埂上若隐若现地行走着挑担的人,顶斗笠,披蓑衣,错着细碎的脚步,一颠一颤,几步一滑,而高高堆起的两秧篮稻秧,便似两只别致的绿色大灯笼,一前一后颤悠悠地跳跃着。行得远了,慢慢隐匿到了雨幕的背后。时而有春风荡过,雨幕便好似次第着打了开来,那一望无际的,略略错落着的水田,一片的白,一片的嫩绿。

此时挑着稻秧在田埂上行走的我,十八岁时的心境,肩上的秧篮虽然沉重,那心还是像长上了翩翩的翅膀,飞进这诗一样的情境中去了。

及至阳历6月下旬锄豆,情形就全然不同的了。天色一律是好的,瓦蓝瓦蓝的天上,偶有朵朵白云,艳阳高照,白云便成了精致的点缀。盛阳下锄豆，太阳是会把皮晒脱，把汗也蒸干了的，此时能避一避太阳的烘烤，便觉是天下最大的福气了。可此时此地在一片空旷之中，是躲也没处躲的了。于是我，于是所有的人都把一个极殷切的企盼放在了天边，不时地把眼朝天边望去……

　　或东或西，或南或北，天地相接的那一线常常是天遂人愿地变得暗了。也或许是更体谅到了锄豆的人们的心情吧，那暗的地方颤颤地波动了起来，仿佛有烟霞将要冉冉升起。烟霞升腾起来了，远处犹如烧起了一大片的火，那火是被隐匿在浓烟之中的，随着烟霞的滚动翻腾，便能叫人感觉得到那天火是在何等样猛烈地燃烧。此时，天边那蓝的天、黑的雾，泾渭极其鲜明，唯在它们的交接处，那一线特别的亮，仿佛是它们撞击出的闪电。我与田间所有的人都不觉地"哦"了一声，心中涌起无比的快意。果然浓烟黑云溢过来，云的后面隐隐传来了雷声。乌云越压越近，奔涌之速越来越快，有如裂岸惊涛，汹汹怒号；有如万马奔腾，一越千里；有如陷阵之军，金戈铁马，一往无前。那气势叫人惊呆了，浑浑然，悚悚然。半边的天色，似到了傍晚，一下子都黑下来，忽地看到远处乌云下方的人们将锄头一扔，拔腿狂奔，他们的后面由远而近一片白茫茫的了，乌云的下方又如飞快地扯起了一道白色的幕布，转眼间就将奔跑着的人们遮挡在幕的后面，无影无踪了。见到这般情景，我们这边的人也骚动起来，纷纷朝村的方向跑，跑着跑着便被乌云罩住，暴雨也紧随在后面，像挥舞着的无数条鞭子，向抱头鼠窜的人群劈头盖脸抽打下来，于是人们便边奔跑着，边"呕呵"一声欢呼起来，"落水啦！打暴啦！打暴啦！落水啦！"

　　周围一片白蒙蒙的，人们早跑得全无了踪影，我不跑了，早已淋湿了。周围一片水天莫辨大雨如注，我立在雨中有些孤独又有些兴奋，一旦想到若平时也想来场暴雨浴，怕是断断不会生出这般的勇气来，便索性脱光了上衣，赤着膊向村的方向漫步，便又品味到了一种从未体察到的，坦坦荡荡的情致，脖子一仰，那旷野中，那厚厚的雨幕中便传来一声声的野唱……

这雨来得快，过得更快，仿佛是一阵风的吹拂，天就亮起来，云来的那边天亮了，云往的那边天黑了，于是雨住了，是那么一种戛然而止的住。明了的那半边天上，天便又是瓦蓝瓦蓝的，艳阳仿佛纹丝未动般地依旧高高悬挂在天上，而暗着的另半边天却依然是煮沸了般地奔腾激越。在村头，人们见到我湿淋淋一身，赤裸的肩上还搭着件一个劲朝下滴水的上衣，便一如见了奇人，问，"你怎么就不跑呢？"我愣住了，也问自己，"我为什么就不跑呢？"就在这一瞬的工夫，我们都笑了起来，都笑得很尽兴，笑出了各自的乐趣。

这笑声中，我便有生以来第一次享受到了悖行的乐趣。

然而现今的都市，那一座座拔地崛起的高楼，挤得地也小了，天也窄了，若细雨飘飞时节，若疾风暴雨之际，躲在室内或一杯热茶，或一瓶冷饮，隔着玻璃望着窗外，势已成了必然。你想悖行，已变成一种难觅的奢侈了。

风雨中的岁月向往着安逸，安逸了的日子渐渐过得长了，便又时常怀念起那些雨中的情致……

人生难状，总是波动起伏。

## 芒果的滋味

那天天气潮湿而又闷热,我正躲在家里吹空调,吃水果。

老婆下班回来了,从拎着的袋子里拿出只黄黄的、略扁而呈菱形的东西,问我这是什么?似曾相识,我却说不出它的名称来。

女儿的见识比我大,一眼就认出来了,说:"是芒果。"

"芒果?"我颇怀疑地瞥了一眼,就接过老婆那袋子,又从里面翻出了一只大西瓜和一只大香瓜。

老婆告诉我,"这两只的价钱加起来,都没有那一只芒果多。"

"多多少?"

"两个加起来九元,芒果比它们还多了三元加一角。"接着老婆一笑又说,"吃就吃它一下子,不过了。"

我在农村插过队,常说农村的妇女和丈夫吵架,气极了之后往往朝油锅里敲进两个鸡蛋,"滋啦"的一声响后就说,"吃就吃它一下子,不过了!"于是我们家凡到夫子庙吃回小吃,或是周末去涮

## 东篱下

回火锅,都要调侃这么一句,"吃就吃它一下子,不过了。"

于是我就问:"今天你怎么就想到要'吃就吃它一下子'呢?"

老婆说:"其实,本来不准备买的,可是……"原来她下班后本是要带个西瓜回来的,称西瓜的时候她又看到了这芒果,忍不住拿在手里看看也就罢了,可偏偏还多嘴问了句,"这是什么瓜?"于是那个狡猾的瓜贩子,瞬间一切微妙的表情都出来了,同时还配之以语言,"你以为是瓜,也可以叫瓜。但这不叫瓜,是果,叫芒果。"老婆的脸唰地一下红了,为了这红着的脸,咬牙一跺脚就将它买了回来。

于是剩下的事就是品尝这芒果的滋味了。

我躺在床上先是听见老婆和女儿关于对这只芒果是刨还是切的争论,后来大约是刨不下皮来,还是切了,并且给我送来了一小片。我咬了一小口,软绵绵像烤山芋的口感,是那么种甜、酸、涩的混合味儿,我立即抬高了声音问女儿:"这果子好吃吗?"女儿在外间拖长了声音回答:"不——好——吃!"于是我便有机会与理由正式责怪起老婆来,说:"其实尝尝鲜就尝尝鲜,为了一个脸红,就意思不大了……"

女儿到底向着她妈妈,连忙又说:"其实第一口不好吃,第二口就好吃了。"

我躺在床上有些没好气,我觉得一个小孩家的观点怎么变得这么快呢?于是就将心疼钱、责怪老婆的心调转了一个头,变成了教育女儿。我说:"是呀,花了十二块一毛钱买来的,当然好吃了。过去我是想买芒果也买不到,只能在报纸上、画册上,以及当年还有一种叫'芒果'的香烟盒子上看到的。知道吗?'芒果'牌的香烟,爸爸我抽得也大约不止一箱两箱了,吃它,这还真是第一次呢！这第一次，还是你妈妈下了狠心，花了代价，让我们……"

我女儿听着一下子嚷了起来："爸爸又来了，爸爸又来了……"

我说："爸爸又来了，对，爸爸又来忆苦思甜了。首先我要告诉你，爸爸四十多岁第一次吃芒果，你妈妈三十多岁第一次吃芒果，你呢，十四岁的时候就吃到芒果了。"

老婆听了一愣，眨眨眼睛说："咦，真的，我怎么一点都没想到这上头呢？"

东篱下

# 窗外的芭蕉

一场冬雪,便把窗外的芭蕉彻底地打倒了。

数日后冰雪消融,院中的地上蔫蔫地瘫了一片,芭蕉原来很长很大的绿叶已成了在锅内煮过的颜色。蓦然见到,心中不免有些凄凄然。再过不了多久,它的残枝败叶就要与大地化为一体……我想这场雪难道就是它的葬礼了?

这丛芭蕉长在我的院中已有十年了。初移来时,它的根只有芋头那么大,第一年仅抽出了三五片叶子,长得二尺来高罢了。可是来年,大约是一场淅淅沥沥的春雨过后,它周围沉闷了一冬的土地上便显得轰轰烈烈起来。先是地裂开来了,后来就是整块整块板结的土被顶了起来。看去,便觉有一种生命的伟力在那土层下涌动,孕育着一场生机的勃发。果然五六天后土下拱出了六七株芭蕉的芽,一出土后就转成青绿,它不急着抽叶,很从容地变粗,长到一尺半高才放叶。叶是一片一片放的,先像笋似地抽出一枝苗来,而后它一点点地旋转着，慢慢地蓬松着，展开了嫩绿而阔大的叶，于是不到一个月的工夫，窗前已是一片翠绿，一片盎然了。以后的每年，夏天的风吹来，夏天的雨打来，沙啦，沙啦，沙啦，那颀长的，宽宽的绿叶在风雨中荡漾着，把什么都荡漾扫拂得远了……每看到这样的情景，我心中总不由漾起那首广东音乐《雨打芭蕉》的旋律，那是一支歌唱蓬勃生命的颂歌，又是一首活得怡然自得的俚曲，在这样的情境中听着看着，人也仿佛更近切地享受到了生的乐趣。

然而到了霜季，芭蕉叶的边缘就会有点卷起，它绿得有些苍老了，似乎对于生已有了倦意；再后来隆冬降临，今年的一场大雪后它就变成了窗外的这番模样。

望着窗外瘫倒在地上的芭蕉，心想，这回就怕它挺不过去了。于是就想到了它与我在窗外相伴的十年。这一想，就想到了这十年春渐来时它在地下的萌动，想到了春去夏来时它仪态万方的正茂风华……追忆起了这些，我的心反而放了下来。眼前芭蕉败倒于大雪，这惨不忍睹的模样，不过是它生命的一种状态罢了……梅能显现志士的傲骨，松则展示着某种不朽与永恒。芭蕉呢？是从俗了些，但它荣得勃发，枯得彻底，显现出了生命另一样的抗争与顽强，似更合着了生活的、芸芸众生的节拍了。

不是么？天气必将渐渐回暖，春将不可阻挡地冉冉而至，我的芭蕉是深深依偎在大地里的，因而窗外的土地上不久便会裂开数道缝隙，我坚信，我的这丛芭蕉便又会在那里极力地涌动着，顶出十数只笋般的苞芽来。

那时，那里生命勃发了，必将用一片盎然的绿来唱出生命的欢歌。

东篱下

# 晒太阳

家住底楼，所以冬天我常常到北极阁山上去晒太阳。

按说后来有了空调，也不必非要去了，但我还是去。晒太阳的地点是在半山腰气象台的那一排红墙下，视野开阔，背风而向阳。冬天红墙下的草枯了，黄黄的十分厚实，太阳照在身上暖暖的，人坐下来晒，便也就倦倦的十分舒服，有些昏昏欲睡的了。于是感觉中便也和在乡下插队的时候相似。

乡间冬天屋里生不起火，也是很冷的，最惬意的时光莫过于能裹着破棉袄，倚缩在草垛下晒太阳了。被暖融融的太阳尽情地抚摸着，感觉中南风正从我身上轻轻吹过，朦胧中似有几只麻雀在不远处低低絮语着，在这絮语声中，在这劳累了整整一年后，我生命的活力依旧在勃发着，生出了无数个对于未来的企盼，然而在这无数个企盼中，我睡着了，做起了一个年轻生命所特有的，十分酣甜的梦……梦往往是在麻雀们喧闹着要归巢的时候醒的。

揉揉眼，真醒了么？然而毕竟是太阳西斜，身子有些冷了。我不得不睁开眼来，眼中的世界便是麦地与闲田黑绿相间，孤树远立，阡陌纵横了……

此情此景中的梦，每每想起来就像发生在昨天。

如今我有些蜷缩着背靠在那红墙下，便极力地迷蒙着，尽管太阳与南风同乡间一样的和煦，然而过去背靠着两层屋一般高的草垛没有了，半掩半拥着的稻草把子也没有了，有的只是透过冬天树木那灰蒙蒙的枝头，从山下北京东路上传来闹市的隐隐的声息，我就在这么一个情形中迷蒙着，去追寻过去的那么一个梦境……很久很久，我又仿佛依稀听到了麻雀的絮语，睁开眼来天将晚了，首先闯入我眼帘的，是西南面那座数十层高楼的框架，从它自上到下数百个赤裸裸的窗户中，我看到了对面的天，我看到了对面天上那轮将落未落的太阳，这瞬间我情不自禁地站了起来，我忽地想到了姚鼐在《登泰山记》中"苍山负雪，明烛天南"一句，但好像还不是眼前的意思，眼前那巨厦的框架分明是一支熊熊燃烧着的火炬，夕阳成了它的烈焰，它便在西天炽烈地燃烧着。我揉揉眼，我看见西天被烧得一片彤红，这彤红从西边漫溢过来，把整个的天穹渲染得一派辉煌，偌大的半个南京城也就一律沐浴在这一片红彤彤的辉煌之中了。我所久居的这座城市竟变得这样陌生！大厦像群群竹笋，拔地参天，玻璃的幕墙在彤红的光辉中，无不个个闪耀出五彩的光色来……

在北极阁山上晒太阳，我其实是来追忆些过去的时光，追寻着年轻时的一个个梦。而眼前的景象，我却在过去无数个梦境中都没遇到过。

一个充满了生机的世界，正在不知不觉中蓬蓬勃勃地生长起来。

它也像个梦。

东篱下

# 文人画的意韵

翻着陆华先生赠我的画册,竟然爱不释手。

我一时说不出这画册里究竟是什么吸引了我,我喜欢那枝藤上翠绿的丝瓜,我喜欢那彤红如霞的扁豆,我喜欢那一丛丛生气盎然的野菊,我更长时间地凝视着那只宋代的陶罐和插在罐里那一枝芦苇的花冠,久久地凝视着、凝视着,几乎就要一口气吹过去,吹得芦絮纷飞,飘飘扬扬了……

听人说陆华先生的画应归入文人画的一类,近年来我所在的这个圈子中作书作画似已蔚然成风,文人画因之也成为一个很时髦的字眼了。陆华先生由写文章而后作画,看来归入这一类,亦是顺理成章的事。

又听说,一幅文人画还应配之以文的,以期图文并茂,达到相映成辉的效果。但我觉得此画册吸引我的地方,恰恰就在于作者是把文字表述的精、气、神都凝聚在了画面上,其实是并不特别需要配之以太多文字的。画册中的一松一石、一竹一梅无不倾注了陆华先生对于人生、对于世务的些许感叹，而又被作者有意处理得淡远了。人的一生之于历史长河，充其量不过一滴而已；然而对于一个有追求的人，却又往往是坎坎坷坷，浩浩荡荡，波澜迭起，极尽漫长了。我想画作者亦然。陆华先生早年失父，中年丧母，皆是人生可叹而至悲的事，而其早年求学的艰辛，继之赴西域的跋涉，一生中从东往西，由北至南的颠簸曲折，便极具一个时代的特征与印迹。作画，尤其是文人作画，无不是要寄之以情的，然而陆华先生的情却寄托得笔意淡远而超脱，给人一种"结庐在人境，而无车马喧"的意韵。短文写到这里，便不由想起我的作品来。我的小说，无论是短篇还是长篇，选材大多悲壮惨烈，情绪也大多是壮怀激烈的。因之笔法常常大红大紫，常常要在作品中弄出些铿铿锵锵的声响来……长此以往绷得太紧，人的情绪也觉负载不起了。所以尽管不画，无事时我也是个常常要去小桥流水边走走，到美术馆转转的人，因之我一旦看到陆华先生的美术作品，便觉宜然，便要急于走进去，以便从中得休憩。

闲适淡雅也罢，壮怀激烈也罢，总之看着画册我的思绪还是渐渐变得有些反复起来。因这我简直难以想象这样的文人画，它会出现在1958年"大跃进"那个浮夸的年代，也难以想象它会出现在20世纪60年代那个饥荒的岁月，更不用说以后疯狂的文化大革命了。

因此我在这本画册上讨得的一个明白是，文人画的出现，大约是与时代的安详共生，也表现了一个时代的大度，所谓"国泰民则安，政通人也和"。

东篱下

# 夜　醉

　　那时我住在远离村子的窑厂，烧窑，却特别爱打听村子里造房砌屋死人过寿讨老婆之类的事，凡此种种，便要迫不及待地赶去出个份子，以求在酒场上驰骋它一番，玩味出些"醉里乾坤大"来。

　　我下放当知青时的那个村子，人们似乎对酒都有一种特殊的嗜好，那村子很苦，也很穷，越苦越穷却偏偏越离不开酒。村里人喝酒，都有那么一种拼死吃河豚的意味，是把家中的鸡蛋粮食拿去换酒喝的。那酒很便宜，山芋干酒五角一斤。一口进嘴，便好似嘴里含了一团火。咽下肚呢？便又如在胸中吞下了一个雷。雷也不怕，一村人，包括我在内都是沉湎其中，乐此不疲。

　　那是个初夏的黄昏，我又要到村里入席去了，为了格外地陶醉，我听了人言先烙饼子吃得半饱，而后抹抹嘴，朝村子里走去。

　　那次去后，主人把我安排的一桌十分地有趣。此桌有电工两个，开柴油机的四个，一个打狗的，一个我。那时乡间能否喝酒，不看人，看职业，电工机工是个几乎天天有白搭酒喝的职业，能喝；打狗的则是若不喝酒，那一身的狗臊味他自己闻了也恶心，所以不得不喝，也能喝。主人让我与他们为伍，是诚心让我喝个痛快了。那日主人客气几句，言一声喝，众人就吆五喝六，开怀畅饮起来。我们这一桌，那打狗的上来就恭恭敬敬地为我倒一杯，说是先向我这个"大知识分子"（见笑，只读到初一）敬一杯。打狗的身份低，所以我还非接了他的酒不可，一饮而尽。同时我也特别地警惕，一村人是个天然的联盟，怕他们一个个地来灌我，就立即又恭恭敬敬地去敬众人。接着就是一场混战，一场春秋无义战，无非是一会拉你灌他，一会儿拉他灌你，哄来哄去无非是要假惺惺地不喝，真心真意的却是要把出的份子钱给喝回来。就这样你来我去，其实已经喝得不少了。村里人大约看出了我的苗头，哄着哄着就哄到了我的身上来。这就不好了，我一边举着酒杯一连声地说着"同乐，同乐"，一边又提着裤子说，"我出去小个便，回来孙子不喝！"出门后我不是小便，而是为了吐，吐光了再进来喝，那便就势不可当、横扫千军了。可是这回我出去蹲在墙角下就怎么也吐不出来，把指头伸进嘴压住舌根打恶心，也吐不出来时，恍然间大悟了。不是得了真传，便是中了奸计了，是那些饼子垫住底，吃得进，已经吐不出了。便只好站起来深吸了一口气，又打起精神来走了进去。

　　为了不当孙子，我已经没有退路了。进去坐下我手一挥，"状态上来了，喝！"旁边那打狗的拍案而起，"知道你会赶下山的兔子，今天我赶你！"我说："报上来，几杯了？"他说："十杯。"我问："那你说，是动杯呢？还是动碗揣瓶子？"打狗的傻了，几个机工说："他假的，我们来。"我为了镇住他们，先饮了一杯说，

## 东篱下

"一个个喝,一个也漏不掉,但我要先同他喝!"打狗的嘴唇有些抖着了,呆看着我,只好一仰脖喝下去了。于是,一对一杯地喝,三杯下去,他屁股就坐不住板凳,"哧溜"下滑到桌肚里。我大笑一声,扭头对电工机工们:"下一个。"下一个不吱声,我撞翻了凳子,转身就往厨房里奔,从厨房出来,我手里提了把菜刀往酒桌上一剁,一屋子人"哇"的一声惊叫。就有人抱住了我的腰,说,"他心里苦,就拼命喝苦酒了。醉了,醉了!"我说:"我没有醉。松开松开!你是代东家舍不得酒么?"于是那人只好松开来,于是我和机工们一场混战,就差喝得白刀子进红刀子出了。喝着喝着,有个机工突然就伸过脖子来叫我砍他,我当然不会真砍他的了,没想砍他,他反倒难过得往桌子上一趴,号啕大哭了起来,哭着并且说着,说他:"不是不能喝,是不忍心喝了!天地良心!家里的粥还一吹三道浪的哇!"我一听,心里也是酸酸的,就说:"连他都活不出个味儿来……下一个,下一个!"再没下一个了,我又说:"再没下一个了,再没下一个了,当知青的都回城了,只有我一个了,血汗钱我有,不就是没买块手表孝敬人么?"那天,在酒桌旁我借着酒,把该骂的都骂了,最后我竟然还问那个头头,"你知道我为什么能喝?"他也借着酒劲反问我:"为什么?"我说:"死都不怕,"我将半碗酒一口气倒进了嘴里又说,"难道我还怕酒吗?"

那日我获得了一种酣畅淋漓的宣泄,一种忘乎所以的快乐。

那天我也不清楚我是怎么出门的,只知道我一人在黑暗中孤独地走。

我心里有点儿明白,我没醉,不过有点儿想吐罢了,吐出来就好了。要吐了几回,就是没吐得出。眼睛在黑暗中适应起来,奇怪地发现这夜,这夜间的四野里是半透明地朦胧着,走一步这朦胧就晃一晃，头上像顶着个硕大的斗。一绊，我一头栽倒下来，就在这倒下的一瞬间，一种无可比拟的安宁向我袭来，我觉得我解脱了，这个世界飘飘忽忽地离得我远了。

很快这种感觉被头涨欲裂所替代，胸口又有一团火，烈烈地烧着了，朝一边翻几个身翻一动，就又朝另一边滚去；腿涨，就用脚使劲乱蹬，蹬着蹬着就在地上爬起来，爬到河边，伸下头去就喝，喝痛快了，一翻身，睡着了，这个世界便又远逝了。

也不知道过了多久，和着一团团的热气，有个软绵绵的东西在我脸上抚摸着，一种湿漉漉的感觉，打个激灵，我一轱辘坐了起来，一只黑影轻捷地一跃，从我头上跳过，把我吓得一身冷汗，我看见两只绿莹莹的眼在不远处向我闪烁，狼！我的酒全醒了。恐惧笼罩住了我，完了，这回完了！可这是为什么？因是为了酒哇！一种悔，一种本能使我一跃而起，向狼冲去。见我冲上来，那狼就退；我站住狼也站住，我退，狼便一步步朝前逼。我只好眼眨都不眨地盯着它，与它对峙着。相峙的时间久了，酒涌上来，头一侧哇地吐了起来。一吐，那畜生便朝我冲，我就跑，跑得老远站住一回头，却见那畜生正大口大口吃我吐出来的东西。一土块砸过去，它"汪汪汪"地叫了起来，是狗。

我浑身一点点地松软着，说瘫就瘫在了地上。

十分安宁地仰面望着了天，天上的星星灿灿地很遥远，把天织成了一幅闪闪烁烁的锦，远处的一轮满月正迟迟地从山间跃起，幽幽的青辉洒向万物；风起于青萍之末，在稻田上荡过，稻浪一波一波地翻滚着，蛙声唱响了，此伏彼起着，有风穿过林间，树叶便是一片沙啦啦地作响，似在与青蛙的歌声作着和鸣。静的，动的，刹那间在我眼前显出了从没有体察到的勃发的生机。就是在这个深夜，我孤零零一人醉倒在荒野，一种对世间万物的依恋竟在胸中澎澎湃湃地生起，我感受到了它的美好，它所蕴含着的生机，体味到了生命之于我，是那么无法轻易舍弃……

我站了起来，四野里是半透明的，四野里的一切又归于了沉寂。我对于这沉寂与孤独的抗拒，便是抱起路边一块巨大的土垡向河里投去。

"轰隆"一声巨响，那声音震颤着，轰响着在深夜里滚动，传出了很远很远。随着这一声响，远处的雄鸡啼了……

虽尚不辨来路与去路，我却坚定地朝着鸡叫的方向坐下来，挺腰收腹，等待着东方之既白。天终于在我面朝的方向，渐渐地白了，白了。

从此，我再没醉过，因为我是从心里，知道天亮的方向了……

紫金文库

# 一个极其执着的人

近七八个月来，我病了，且很沉重。病中收到陈云生妻子邀我写一写陈云生的信，便觉这本是件我应主动为之的事，因为我与陈云生过去是同学，亦是朋友。

陈云生离开这个世界已经一年有余了。

陈云生给我最深刻的印象是什么？两个字：执着。

记得四五年前的某日，陈云生来我家中相谈，说他要写一本某个人物婚恋方面的书，于是我们就天高地阔地侃了起来。在这些方面相熟的朋友都知道，陈云生是很快就能进入角色的，且沉浸得是那么深入。谈完以后他问我能不能写？我说当然能写，我说除了对全部作品的把握与某些关键地方的分寸感而外，你能写这部作品的优势在于你有激情。我说你谈的时候的这份激情早已把我感染了，假如你在作品中能将这激情通过文字传感给读者，那么此作的成功至少在情绪感染方面是无疑的。云生友沉吟着，他忽然问我，你说

## 东篱下

我写这部东西现在最怕的是什么？我随口说到，怕的就是情绪冷下来，我说，须知无数好的东西往往都留在伟大作家的脑子里了，连说都没说出来，假如你的情绪冷下来，便什么也都难说了。云生说对，他说他还需要充实采访一些材料，还需要去实地感受一下。他问，你觉得我什么时候去为宜？我笑了说，只要时间允许，你明天就去。云生当即一拍大腿，只说了一个字：去！

一时的谈兴，说说也就说过了，没想三天后我为一件其他的事打电话去他家，云生的爱人说他去了大西北。我问是不是为了写那本书？他爱人说，是的。当时我就有些被震动着了。须知这天下，多少事仅仅只是永远停留在口头上，能不左右权衡而彷徨，能大刀阔斧说干就干的人，其实并不太多。那天我为这事想了很久，我想我是否能像云生那样将一件事把定好了，说干就干呢？那将是数千里的行程，那将会有许多个风餐露宿的日子，并且一切都将是自费的。

那天我与我的妻子说了这件事，我说陈云生在这方面的精气神相当不错，我不如并且得益于这个朋友的地方，也将在这上头了。

过了些日子，陈云生回来了，去了一趟陕甘宁，身上多了些风雨的痕迹，也似多了些沧桑感，他向我大谈了一路的采访之后，还给我看了一张照片，一脸黑胡碴的陈云生头戴当年红军的八角军帽，帽上坠着一颗布质的红星，背景是一派浑黄博大，一派莽莽苍苍的黄土高原，而照片中的陈云生已仿佛随着岁月的飘飞，全然沉坠到另外一个时代中去了。

见到这照片，我想，陈云生的这本书大约是写成了。

然而事情不止于此，以后陈云生又去了第二次第三次，行程向西向西，以至一直涉足到了新疆。

再以后，便就见到了这部作品发表于报端的一些章节……

再也没想到，陈云生竟然就如此这般地离开了我们，我在一段时间内常常为此而惶惑，并且总想追寻到一个答案。一个活生生的人啊，何至于如此？答案之一就是，陈云生的为人太执着了，或许执着得有些偏执。

我是个相信执着的人，难道执着得偏执了那么一点点，就不能见容于世俗了吗？须知，一件作品，一个作家或是艺术家，只有偏执了那么一点点，才不至于流俗，才可能独独树一帜，形成自己风格的，陈云生不对了么？我常常为此，为我的一个朋友，为一个已经逝去的人，同时也是为了我自己而发问，而惶惑……但每当此时，我的眼前便总会浮现出陈云生的那张头戴八角军帽的照片来。

我想，一个人能如此地活过，如此地由心所愿地干了自己想干的事，值了。因为至少他是一个爽爽快快活过的人，活着的时候他不卑卑怯怯，他充实，他为某个目标而奋斗搏击过。即如他的死也一样，不论对错，想好了，死起来也刚断利索。

这就是一个人了，不论他的活与死，都是高度统一的。

这世上，能被这样称作为人的，其实不太多。

东篱下

# 应有的自信
《沧海·苍天——北洋水师覆灭记》长篇历史纪实小说后记

这部近四十万字的长篇历史小说终于写好了。

动手写时是在1993年的10月中旬，当时曾在卧室兼书房的墙上贴了一幅字，上曰"毕四年之功于一役"，由此可看出此书的准备已断断续续进行了四年。所谓"一役而成"，原是打算至迟在1995年前几个月内写出来，正好赶上北洋水师全军大覆没整整一百周年这个日子。可是写到1994年5月的时候，除了草成的十万字而外（其中七万字以《沧海·苍天》为名在《十月》杂志1995年第一期头条发表），又接手写《女皇武则天》的电影剧本，于是乎两部作品轮番操作。那导演对剧本的要求极高，我却又不愿将此长篇的既定标准放低下来，人终于被自己搞得精疲力竭，在1995年年底此长篇初稿完成时，我病倒了。

出院后的1996年11月初，便着手修改此长篇。1997年1月4

日起应张导演之邀前后两次去北京谈剧本，6月10日才将剧本交出，至7月15日终于将这个长篇改了出来。

数年来两部作品如同两块大磨盘压在头上，现在掀下了一块，让我稍稍喘过一口气来。

这是我写的第一部长篇小说，最初只准备写二十万字，后来打算写三十多万字，现在竟四十万字了。过去我的作品不多，写过十六七个短篇而已，中篇小说写过，都没写成，被自己锁进抽屉里去了。我想，我大约是一个并不争先恐后、有了目标却能一步步走下去的人。

回首自顾，对放在面前的这部小说，我完成既定目标了么？思绪却无法凝聚到一处，悠悠地飘忽着，竟缠到一些不相干的事情上来。

小时候最不敢自信的是什么？填表。

上小学的时候倒还朦胧着，记得到初中就不行了，要填表，最难填也最怕填的就是家庭出身那一栏。如果家庭出身是恶霸地主反革命倒也罢了，问题就出在似是而非上。每填一次表，我都要问一回我的父亲，每问一回，父亲都要紧蹙眉头深思良久，而每次他的答案都不同，干部、职员、失业青年、学生、小业主、城市贫民等等。当然每次父亲都有他的理由。干部，南京一解放父亲就工作了，且是供给制，当然在干部之列，我为他的儿子家庭出身当然是干部无疑。职员，我想父亲要我填职员的时候已经不那么自信了，有退而求其次的意思。然而可能又有另一说，解放前伯父当过国民党的副保长，父亲毕业后一度失业，伯父曾给他挂过两个月甲长的名。而我问他的时候，也许组织上正在审查他的这一节，于是便职员了。失业青年与学生倒是确实，父亲小学毕业就抗战了，抗战时

## 东篱下

的读书等于是混过来的，大约读过五六年，因为生计的缘故，哪个学校不收费就去，一旦收钱了他就得走。至于小业主，这可能是最不实事求是的一条。我们家从理论上说应算是比较富有的，共有四处大房子，约三百余间。当我在三十四五岁时终于弄清楚一切后非常恼火，我问父亲有三百多间房子怎能算是小业主呢？足足一个资本家了！父亲却有他的理由：爷爷死得早，一直都是伯父当家的。我说，即便如此把这些房子分作四五份，你也不止一个小业主呀？他说他从来也没接收过这房子，一九五六年时都社会主义改造了，他连小业主也谈不上的。不能说没道理。可我想起了让我填表的那个时代，社会的要求就不是他的这番道理了。最后就剩下城市贫民了，这主要是父亲那一厢情愿的情感所致，不用他说我也从奶奶大伯父那里听到了许多。抗战那些年，我家房子被日本人放火烧了一处，另一处战前借贷才盖好的法式洋楼（我知道确实的地址后，出于无比的好奇曾去偷偷看过）被日本人占去了些年，院中养马楼内住人，冬天冷了便拆空着房间的门窗，用来烤火。至于房租，那便是他们战败后撤走时丢下的一只长沙发，一个榻榻米和一只粉红色的小衣柜。而在南京沦陷当亡国奴的那些年，我的父辈过的日子比贫民还惨，已借钱盖了房子当然无力跟着国民党跑到当时的大后方重庆去，只有躲到乡下，等日本人屠过城半年后回来，南京人都差不多死光了，房子租不出去，只有靠变卖家具贩点茶叶过日子，等着几文钱，便由父亲来回二十几里路，跑到中华门外的打虎巷买十几斤米度日，出中华门要向"太君"鞠躬，回城也是，有次大约躬鞠的不虔诚，没完成九十度，被日本人一个嘴巴抽得满脸是血。如此的日月常常是迟起早睡，一日两顿粥。委实也为难死我的大伯伯了，一人拖带着全家八口到处找饭吃。这不是贫民，是八年当亡国奴的日子。

其实这一切是很容易说清楚的，我父亲太不自信了。

其实自信不自信，当年都不能改变我们家的境遇。插队农村八年、参军、入学、上调尽皆与我无缘；更有意思的是我妹妹，当年竟然专门为她们在麒麟门外办了一家"红旗砖瓦厂"，将这些出身不好的子女送了去。

毕竟是物换星移了，现在如果填表，我会工工整整写上"干部"，如若不行，我会毫不犹豫填上"资本家"的。可惜现在的表中已经没有这一栏了。

或许以个人的境遇来看待这些，是显得狭隘了；但个人的遭遇是与整个社会的变迁分不开的。

独自面窗枯坐，我竟想到了这些。

时代正在发生着沧桑巨变，我们这个国家，我们这个悠悠千古的民族正变得朝气蓬勃起来。我想她是完全有这么一份自信，来直面自己那段不堪回首的历史的。因为现在再也不是那个需要变着法儿挖空心思去编撰掩饰历史的时代了。

就像我再也不需要为填表而痛苦，而去问我的父亲；父亲也不需要为家庭出身问题而被我追问得眉头紧皱，将自己的出身说出五六种花样来。

我就是抱着这样的心境写了这本书。尽管在写的时候我并没有明确地意识到，现在细细理来，其实正是这些。

我想这便是我应有的自信了。

东篱下

# 那条江的痕迹

它是大山深处流淌着的一条江，水面光滑得像面镜子，如果乘在行船上，两面的山便悄无声息地向后移动着。这江水流淌得很静，这江水清澈见底，这江水很深，深得一江泛出了幽幽的绿。

在这江中行进，船就有不时要撞到山上的感觉。撞上去了，山竟然晃晃悠悠地在江中化开来，原是山的影子。青山在错错落落地高耸着，太阳不知隐到哪一座山的后面去了，却把山的影子倒映在了江上，江上便是明也一块，暗也一块，一时间叫人搞不清哪是江，哪是山了。有时船好似行到了尽头，却忽悠悠地一拐过了山弯，江面便又豁然开朗起来，群山疏疏离离变得远了，金灿灿的太阳照在江面，一江都闪着白白的光。白光中小岛一个一个在江面上翩翩而至，于是港汊河道便纵横纷呈起来，泛泛的一条江便也给切割得细碎了。扁扁的几叶舟，没有渔网，也便鲜见得忙碌，几只鱼鹰缩着脖子栖于船侧，渔人在船后摇着桨，有一下，没一下，吱呀一声，吱呀的又一声。

　　因了这渔舟，一会儿岸边的山上便出现了零零星星的房舍，青砖黑瓦，因了山势的陡峭，望去十分地缥缈，唯那一道道白色的石阶像细细的丝带，相互攀缘着坠下来，随着这丝带的垂落，下面的房舍渐渐地稠了，聚成了一个蛮大的村落。村落沿江而筑，散散漫漫地从山脚伸延下来，好像要一直漫到江里。一惊，再细看时，这才叫人回过味来。这里有数处房子确是半截浸在了江里，而其他几座的墙上，也一道道留下了水退时的痕迹。

　　我立于船边，想到这江原来应是流淌在山谷中的一条小溪，每遇山洪倾泻，便像个童真未泯的孩子，流淌得欢畅，毫无顾忌的了。只是因了早年在下游建起了一座新安江水电站，淹没了浙西的这片山，于是江水漫溢上来，便把它变成了一条温顺婉约流淌着的江。而墙上的那些水迹，却有意无意地流露出了它的另一面，到了夏季，在那空江人寂大雨滂沱的时候，它便也会即兴豪放地快活它一回，洪水迸发，一路高歌，汹涌澎湃，一泻而千里。遇到大坝的阻拦，它便又扑回头，恣肆地朝岸上冲去……

　　我想，那留在村落墙上道道水淹的痕迹，便是它豪放高歌时的曲谱，去时匆忙，它把它留在了那里……

东篱下

## 早春的悼念
### ——编者感言

前一两个月，赵瑞蕻、魏毓庆两位老人，两位在文学事业中奋斗了大半辈子的人相继离开了我们，飘然而逝了。

那时，也应算作早春二月的天气吧，草还没长，莺还没飞，花还没绽放在树的枝头，他们就这样无声而安详地走了……

赵先生可能并不认识我，可我听过他的课，那是在近二十年前，在南京市文学讲习所的时候，他讲的是比较文学。他的讲课诗人气质，激情澎湃，白发也随着他的言词在颤动、在飘飞着。也许他讲的课我记得不一定那么清楚了，但他那一刻的形象却永远嵌入了我的记忆之中。

魏毓庆女士照说是我的领导，可我到创联部来工作的时候，她离休了，她走了也没忘记给我这新来的人送上一本书，那就是她的散文集《宫花寂寞红》。这本书我一篇篇都看过的，用心写出，凄婉而雅致，一如魏女士她这人。

我的书出来后，曾一再想着送给她的，可是因为忙，竟被一拖再拖，明日复明日，如今在这莺飞草长的浓春季节想起，竟已成永远的遗憾了……

因为《江苏作家通讯》要登两位老人的生平，开头需要一段文字，于是我就主动写了，无非是个以志纪念的意思。

能够永恒的人物毕竟很少。两位老人去了，都给活着的人留下了思与念的情怀，这就不错了，这就很不错了。

小注：这一篇和以下三篇，是我在江苏省作家协会创作联络部工作时写的，由此可以窥见当年我工作之一貌。偶然翻到，觉得陌生而亲切。

东篱下

## 浅谈高晓声

高晓声先生去世，算来已经整整有四个年头了。

江苏省作协如今正在编着一些先生们的文集，这是件功德无量的好事。当我四年之后翻看高晓声的文集时，便觉得"著名"二字冠之以高晓声，就像宝马配上了金鞍般地合适。

斯人已逝，作为一个晚辈对于高晓声先生的去世，应该说至今依然是有所感与悟的。

高晓声的短篇小说独步文坛，为文学画廊提供了一个个独特的文学形象，而其在短篇小说中所形成的意境、语言与氛围，以及他观察世务所取的独到眼光，凡此种种都聚合成了一个总体，那就是他本人，那个至今仍在其作品中站立着的高晓声。

我近日常想，高晓声先生最能够打动我，并可能为今人或后人所接受的形象又是什么？

终于我想到了两个字："不媚。"

洗尽铅华才能不媚，脱去俗气才能不媚。多么神采焕发，充满着魅力的两个字。

世间总喜欢把知识分子，把文人划归一个群体，这是一种约定俗成。殊不知这个群体中也是风味各不相同的，就像树上从来也不可能有过两片完全相同的树叶。即以周氏兄弟而言，鲁迅与周作人就是两回事。鲁迅没有奴颜和媚骨，鲁迅是以他的呐喊、他的战斗性，以他的永不妥协的精神而支撑与焕发着他的神采。高晓声却是另一种样子（这里没有评价他们文学成就与地位的意思），我和高晓声先生接触其实并不多，但感觉中，高晓声绝不是一个要同人论战到底的人。在饭桌上，他是谦和的，又是矜持的，意思相左，他会不吱声，他至多会用高氏独有的常州乡音来幽他一默。我从来也没有见他，也没听说他和人高声辩论过，尽管他的名字中有"晓声"二字；更没见他无比地激愤过，但意见不同，他又绝不苟且随声附和，大不了就不吱声，就顾左右而言他，就端起酒杯悠悠然地去呷他的酒罢了。

对于一个师辈的人，能在他身上领受到这一点，也就够了。

因此，能在一个人的死后，说一句真话，也是对于死者最大的敬重了。那就是，高晓声在文学上的成就，在于短篇小说，如果将他的中篇小说、长篇小说与他的短篇小说一齐混合起来说，试图说得面面俱到，反而会把高晓声在文学上的地位说得似是而非面目不清了。

他在艺术上的思维，是属于短篇小说的；

他的文学语言，也是属于短篇小说的；

他整个人的精、气、神，都是属于短篇小说的——凝聚、精致而不媚。

对于以上，至少我是这样理解的。

为临时补白而作：

注：记起那日上班，为补白匆匆坐在办公桌后面，临时点烟抽了两支，一个半小时后写好，时间虽仓促，情感却真挚。如果当时空着，便也太见着世态的炎凉了。

## 另一半的梦

丁丁,女,笔名丁帆,汀汀,安妮,年龄22岁。地址:南京小营竺桥。

这是一个仅仅度过22个春秋的年轻生命,她本来应该得到的更多,更多。可是却不能,现在她已站到了她生命的尽头,在这尽头她提出了两个要求,一、能成为"省作家协会会员";二、出版她的文集。

这就足以叫人感动了,这是一个真正把生命与文学同等看重的人。由此,也看出了文学的分量,支撑这个身患绝症的女孩走过了她六年的历程。由此,文学蓦然间显得庄重了,它也衬出了丁丁的品位。我想任何人也无法拒绝这个请求的,特别是你看到了她的照片,还那样的年轻,稚气未脱,她真的应该得到的更多,更多……

丁丁的作品,写得认真,有种青春的气息,稚嫩是免不了的,但这稚嫩却又是学不来的,特别是这稚嫩与稚气融合在一起的

## 东篱下

时候。

丁丁的作品分为散文、诗歌、小说、童话，写得都不俗气。散文文笔流畅，不乏对人世对未来的种种向往；诗歌清纯、明快，感受不俗，流诸笔端，能形成诗的意与境；小说多是写自身的勇敢，病中的学习，对爱情的追求，都叫健康的人另有一种感悟。

各种作品已超过三十篇，听其母亲介绍丁丁还要在天津新蕾出版社出版作品集《拾梦的孩子》，这是她另一半的梦。

我们在做的，是完成她的，这一半的梦。

## 心　债

　　大约是在 1999 年 7 月下旬的一个早晨，我们启程准备去新疆时才听说，顾尔镡先生在那日的凌晨去世了。当时心里就怅怅然的，后来这情绪竟变得越来越浓烈，顾尔镡先生的追悼会本是一定要参加的，可是随着去新疆行程的展开，这个愿望却永远的不可能实现了……这件事似乎在我心中老也排解不开，并且变成了一桩越来越沉重的心债。

　　我当年刚刚借调在作协的时候，工作很忙。那时积压下的稿件堆积如山，常常午饭过后就接着工作，整日忙得头也抬不起来，时间渐长，这个情形被顾尔镡先生察觉，于是他连续一个星期的中午都要跑上楼来关照我休息。这件事顾先生在以后的岁月中恐怕早已淡忘掉了，因为这种事在他身上太多、太平常，因为他行为与处事就是这么一种方式，而对于我心里除了当时被深深触动而外，是直到如今也不会忘掉的。对于个人切身之中需要感谢顾尔镡先生的，

## 东篱下

是因我当年是大集体的工人,这个体制问题后来的人无法想象,当年这几乎是一座横亘在我面前无法逾越的大山。调入省作协尽管困难重重,在决定调入与否时他是说了话的。

说到这些,可能给人的感觉就显着狭隘了。人都有宽窄,对于我这个活生生的人来说,我以为我并不虚饰掩盖什么,反而是坦坦荡荡的了……

顾尔镡先生最能久久让我回味的,便是他作为一个党的文艺干部,始终保留着鲜明的个性色彩,有个性便可能显露某种缺点,所谓"金无足赤,人无完人",唯其如此,这才显得真实,这才使得这个形象具有了魅力。我想与顾尔镡先生有过接触的人,大多从心里对此都存着一份敬意,加之他待人以心相交,大度坦诚,处事公平公正,这就更使得他的形象显得可亲了。

人心不可欺,身后能让人如此评说,这对生者与死者,都是件荡气回肠的事。

我与头头,大多都是淡淡交的,因此在以后的许多年里与顾尔镡先生接触都是很少。直到1998年4月,才给他送去了我的第一部长篇,当时的心情应是一个学生非常虔诚地向老师递上了一份答卷。这时的顾尔镡先生,已是白发苍苍体态沉重,步履显得不那么灵便了,再后的几个月便就得到他身患重病住进医院的消息。

在顾尔镡先生住院直到去世的若干个月内,我一直都没去看他。因为前几年我因病住院十月有余,每隔几天都有死者从病房内被送出,生离死别家属的哭号见得太多太多,而对于重病者在生死边缘苦苦的挣扎,也见得太多太多了,因此窃以为,我到医院去既然不能分担顾先生的痛苦,而将见到的却是一个在重病中极尽痛苦与艰难的顾先生,与其那样还不如不见的好,这大约是我的特殊经历所决定的吧。我想这是能够求得人们与顾先生理解与原谅的……

也许这样真的有些自私了，但正因是这样，顾先生的一个健康的、从容而大度的、并显得一身正气凛然的形象，却永远铭刻在了我的心中。

现在我以我心向着顾先生那尚存在我心中的形象，虔诚地三鞠躬。

东篱下

# 格桥头村

看了扬子晚报的散文《颜真卿墓》，觉着有趣。

其实格桥头村就在我句容插队时那个村子的北边，相去一里路，他们岗子上，我们岗子下，同属一个大队的。

我最初知道格桥头村里颜姓是颜真卿的后代，那是在清明。

格桥头南面的岗子上，几十亩山地都种了桃树，每到清明前后一坡的桃树都开花了，开得一山坡的灿烂，仿佛一大片粉红色的云霞从天上飘落了下来。据说，村前种桃，这是格桥头村颜姓的一个传统了，也不知道是个为什么？另外，就是每到清明时，格桥头村颜姓就要选出十来个人，用树枝挑着一个用来祭祀的幡儿，腋下再夹一个稻草把子当纸钱，裤子短腿长地就朝一二十里外的行香公社走，颜真卿的墓就在那里。

他们去上颜真卿的坟，每每都要经过我们的村。村里人见了，总有些感动，总要叹着一口气说，"一千多年下来，还记得，也算不容易了……"这话听着就觉得话里有话，果然我们村上的人再说下去，确实就不雅了……

他们说格桥头村就连小丫头大娘子，都是些走到哪偷到哪的角色，这里摸个瓜，那里偷棵菜，路过田边还要勒它一把稻子的。引得别村那些看瓜、看菜、看稻的一见到她们，就老远地出来赶。格桥头村的女人们不在乎，一边跑一边嘻嘻哈哈地喊一路，"多少让偷些回家算歇，不把（给）偷，下次非还来！"为什么会这样？因为上世纪七十年代粮食不够吃，农村到处都在大力提倡"忙时吃干些，闲时吃稀些"，粮食不够就用"瓜菜代"的缘故。格桥头村女人们的这些小偷小摸，是解决不了肚子问题的。最终还要看格桥头村的男人们。

那时大队开会，我们村与他们坐一起时往往就会问，"听说颜真卿是搞文的啊，全靠一支笔，怎么你们个个都是全武行？"

格桥头村的男人回答得很淡定，那手对着人一摇就说，"你不懂。颜真卿，当年平乱立过大功，唐朝的武将。没有他，唐朝也不知道跑哪里去了！"

我们村里的人狡猾，见他们上钩了，就问一句，"哦，还武将？就像你们这样武的么？"

格桥头村男人个个身大力不亏，夜晚出来偷的武功确实个个身手非凡。

码好了某处仓库，夜里推着独轮车就头二十里奔出去，先将车子藏了，再单人匹马跑个二三里，到地方就掏洞挖墙，装好了麻袋，展开双臂一夹，两个满满的麻袋就吸在了他的肋下，而后就随着他过沟越田穿坟山的了。一旦出了危险地界，麻袋就大大方方地装上了独轮车，一路吱吱呀呀地响着，天麻麻亮时就推进村了。

## 东篱下

这些毕竟技术含量低了些，那么假如偷个活物，比如一只大肥猪呢？这对格桥头村人并不算回事，只需两个大馒头，一瓶老酒，一床被子就行了。夜肯定是要等到深了，奔到目标后就用酒把馒头浸了丢进猪圈，人便躲开去吸它一支烟等着，烟罢，回头看时那猪已是哼叽哼叽地醉得舒服了。接着进猪圈用被子就把这猪一裹，背到了背上。回头有大路只管走，遇见人，便一腔的愤懑只管骂："叫你少灌少灌！灌一肚子骚尿，还要我背你回家去！"背上的猪也真配合，一个劲地哼哼叽叽着……还想听听格桥头村男人们是怎么偷鱼的么？塘小的洒农药，塘大一点用的就是雷管炸了，"轰隆"一声，塘里就漂着一层的鱼了……

起先我以为全是我们村里人瞎说的，坚决不相信。因为我们与格桥头村，为那片种桃的山坡和下面的一个大水塘的归属，向来闹得有些不和气。我们那个村除了我，一村都姓徐，所以格桥头村的人就污蔑我们村姓徐的是唐朝武则天时要骆宾王写《讨武氏檄》的徐敬业的后代，算来算去也是个反贼了。我的相信，是因为后来公社开了个狠刹偷盗风的宣判大会，会上宣判了格桥头村一个叫颜来宝的人。公社的社员当时去了上万人，声势浩大，对颜来宝的宣判书中提到他的罪行就是偷，情节生动，声情并茂，就和我们村上人说的一模一样，我听后不相信是不行的了。而宣判会上坐一边的格桥头村人，却对这判决书极为不屑，他们对我伸出根小指头说："颜来宝？他在村上就算这个！"因为他们对于颜来宝的去坐牢，是充满了羡慕与忌妒的，他们说："颜来宝这狗日的好了，本事没多大，倒混进牢里去吃罐罐饭了。"罐罐是吃牢饭用的碗，据说是尽饱吃，尽罐罐装的。

其实格桥头是个很秀美的村子，听名字像是在水边，其实恰恰坐落在高高的岗子上。岗子的东边有一方碧清碧清的水库,岗子南坡就是种着的那几十亩的桃了。桃是好桃,每年都丰收。但你格桥头村偷别人的,别人就不能偷你的了么?再说格桥头村的桃不但种在露天里,而且还在大路边,不偷它偷谁?简直是不偷白不偷了!偷过了,吃过了,却还没好话,说这桃子不是什么好东西,主要的坏处是没油水,刮人,是越吃越会肚子饿的!还说,格桥头村自以为是颜真卿的什么什么人了,其实是大脑进水了。要是这山坡种成了山芋,早已堆成山了。

　　有一回一夜之间,这一山坡的桃都被人偷了个干净,连树叶都被人打了个七零八落。格桥头的人实在是气不过了,也不管祖先颜真卿是否有过种桃的雅好了,全村发动,也是忽地一夜之间把这桃树全砍光了。

　　砍光了种什么?从善如流,种山芋了。

　　这些都是四十多年前的事了。其实"文革"时所有人都活得艰难,即便如颜真卿的后代,为了一粥一饭,也是要极尽挣扎的。

　　格桥头村近年我又回去过,颜姓的日子都过得很富足。不但有车,且有的还是宝马,停得一辆一辆的。我去时正值春天,那岗子上又种了桃,桃花正盛开着,如火如荼,远远看去又如一片绯红色,如云霞般的灿烂着……

　　格桥头村那岗子上其实是很适应种桃的,格桥头村人种桃已是很专业了,而且桃的价钱已是很好很好的了……

东篱下

# 骑　马

重病十个月，手术后才一个月，走路还像踩在棉花上，是种晃晃荡荡的样子。

那天晃晃荡荡地走进玄武门，我就看见城墙边圈着的马了。我说我要骑。那天我和我妻子为这事讨论了很久，我的理由是二十多年前在农村，我就骑过牛了。这是骑马的理由吗？我说是。因为骑牛的那年，我刚好二十岁。二十岁的那年秋天割稻，生产队划定了任务，我割稻割到天黑还没完成，慌急慌忙一刀割到了脚上，怕丢人没吱声，用布扎了扎，就一个人咬牙走了八里到公社缝了几针。去时顶着一股劲儿，回来时就不行了，由公社卫生院通知生产队来人接。

正农忙，队里就派我的同学肖云，第二天一大清早的牵着一条牛来了。

回村的路丘陵起伏，秋末的早晨，正又起雾，那天骑在牛背上，我那包着厚厚纱布的脚，便远远地支棱着，并随着牛沉重的步履，一颠一颠地在乡间，在浓浓淡淡的雾中穿行着。虽然刚刚遭受过重创，却似很休闲的样子，那时的我毕竟年轻啊，正处在充满朝气与活力的季节……

现在我要骑马，其实不论是骑马也好，骑牛也罢，不过是找个由头，来回味一下我曾经有过的青春季节，这一年的重病，在医院里见过的生死太多，病得我怕了。我怕我早已不复从前，不仅仅是身体上的，而且是精神上的魂灵上的。这是个理由，简单来说，那就是骑上马了试一试，我这人废没废了。但这个理由似又不好明着对我妻子说。我走进这玄武湖城墙下用铁丝网围起来的马场，妻子同意不同意已不是我考虑的事了，抓住马鞍一翻身我就坐到马背上去，坐上去我就晃呀晃的，晃呀晃的我就好像要掉下来。赶马的人立即扶住了我，他说我上马上得太猛了。接着他就牵着马在这圈出的马场里走了一半，见我坐在马背上晃荡得自在了，他也放心了，就边与我说着话，边把缰绳拴在了马鞍的扶手上，照马屁股就是一鞭子。那马突然狂奔起来，我的心一惊，一把死死抓住马鞍上的铁扶手，心是早已提到嗓子眼儿了，耳朵里却听到了妻子的惊呼声，"他才开过刀呀！停下来，停下来！"马当然是不会停下来的了，骑在马上的我这时头顶上的虚汗滚滚而下了，淌到眼中，眼中一片模糊，屁股下的马鞍子好像也不是和马很贴切，正跟着马的奔跑在晃动，人便一下晃到东，一下子又晃到西，随时都有种要掉下来的感觉。后悔与恐惧喷涌而至，然而都来不及了，只能是一条胡同跑到黑……

转眼的工夫那匹马已跑到了终点停了下来。我却久久地坐在马背上一动不敢动，我听到了那个赶马的人"呵呵呵"的笑声，我

## 东篱下

慢慢睁开了眼来,我看见他正笑容可掬地对我说,"还说你刚开过刀?好好的一个人,我看根本都不像嘛!"

这时我妻子从老远处跑了过来,我没容她开口,一翻身就从马上跳了下来,晃荡了一下身子对她说,"谁说我刚开过刀?听见了吗?人家根本就不相信的了!"

## 西家大塘

靠近十三中有个地方叫西家大塘,那是被人叫白了的,老南京都知道,应读胥,"胥家大塘"。现在西家大塘被一个公寓的楼群包围住了,被围得成了公寓里浅浅的一池水,像个脸上失去了血色的文化人。

西家大塘其实是从玄武湖身上割下来的一块肉,这割肉的刀子就是隔在玄武湖与西家大塘之间的那道明城墙,足足有六百多年了。其实从玄武湖身上割下来的肉,远不止西家大塘这一块。北宋王安石变法时,提倡围湖造田,就从玄武湖北面割下了红山动物园以南,直到南京火车站的那了一大块。朱元璋这个明代的开国皇帝,则是对玄武湖左右开弓,为修南京的城墙从西面割出了西家大塘,在东边又修筑了太平堤,就是现在出太平门到岗子村的那一段。这段路东面,原来玄武湖的水是能够一直拍击到紫金山下的。到了晚清,曾国藩在南京做两江总督时,又从太平堤北段向西修了

## 东篱下

一道堤直通现在玄武湖的翠洲。那时的玄武湖、玄武门和解放门都还没有，要想到玄武湖的洲上，只有出太平门而后乘船的。曾国藩修了这道堤，就把现在情侣园的这么一小块也给割去了。要知道，三国时玄武湖可是东吴周瑜训练水军的地方，烟波浩渺的那一大片水几乎一眼望不到头，现在的玄武湖，据说只是那时的三分之一罢了。因此，我都觉得玄武湖这千百年来都像一只任人宰割的猪，但猪被杀了还能再养，玄武湖被杀了，便就再也长不起来了。这千百年来不是已经被割一块，就少一块了吗？

扯得远了，还是来讲讲西家大塘这块从玄武湖身上割下来的肉吧。

直到 20 世纪 60 年代，西家大塘仍是个很旷很野的地方，它被夹在了北极阁山与古城墙之间，却依然是汪洋恣肆的一大片水，留着湖的野性。

那时西家大塘还归玄武湖管，是个玄武湖公园养家鱼的地方。那里一年四季，都是南京城北的孩子们放学后喜欢出没的地方，先是从北极阁山翻下来，而后就到西家大塘或是城墙根下瞎玩玩，回家的时候还可以再顺便到鸡鸣寺里转一转。那时的鸡鸣寺，远没有现在神圣了。那时小学生的功课不多，身上的钱也不多。功课三下两下做好后，除了玩，就是玩，玩到了这鸡鸣寺里，不是想着观世音，而是想着菩萨塑像前那功德箱里的钱了。那里面的钱都不大，一角的极少，大多一分二分的，小孩都是冬天带着面筋，夏天带着金壳郎（金龟子）去，面筋包在长竹棍上可以伸进箱子里去粘，金壳郎是用线拴着颈子，六只爪子悬着，一碰到钱，就一下子把那些一分二分的抱得紧紧的了。那年头，鸡鸣寺里住的已经不是和尚，是尼姑了，尼姑见了就骂，骂的话你一句也听不懂，据说很毒。小孩子听见骂，一哄就都跑了。骂得既然听不懂，骂就随她骂去好了，管她呢！

到这鸡鸣寺里来都是顺便的，真正的一个快乐，那就是在夏天。

夏天城墙那边的玄武湖大，养的鱼不翻塘。这边的西家大塘毕竟小一些，养的鱼又多，就会翻塘了。翻塘时鱼儿很可爱，夏天暴雨前后，水里缺氧了，鱼儿就一群一群地从塘底游上来又钻下去，左一群，右一群，就像游行示威一样。接着几千上万的大鱼小鱼一齐像喝醉了酒，瘟头瘟脑摇摇晃晃地只在水面上游，大嘴小嘴一翘一翘把水面咂出了一片响……逢这时，就是城北穷孩子们最快乐的节日子。纷纷不管不顾地跳进水里，打水捉鱼，翻上窜下，你呼我喊，捉到的鱼就一条一条不断地朝着岸上摔。这时最急的就是玄武湖公园里派来看鱼的人，这时你派再多的人来也不行，谁叫西家大塘是个像湖一样大的大塘呢？水里捉鱼的你抓不到，岸上接着鱼的，跑得比兔子还快，抱着鱼围住塘埂和你转圈子，转到宽一点的地方一钻，就钻到长满了丝瓜豇豆的菜地里去了。那时城边上的菜地很多，常年绿油油，一片一片的。也偶尔捉到一两个，看鱼的气急了，就两个人合起来一抬，把这小孩扔到塘里去。扔下去就热闹了，岸上岸下一片响起的都是"救命"声，而被扔下去的孩子便真的像要被淹死了，沉下去，又浮上来，浮上来时也大呼一声"救命啊"！手也跟着在空中乱抓着……把小孩子不留情面扔下塘去的看鱼人，起先是坚定地以为这些个"有娘养，没娘管"的野孩子，是不可能淹死的，这时看见这孩子上下沉浮几个回合，就怎么也沉不住气了，就纷纷下水捞人。看鱼不能看出人命来，看出人命来，那就要吃官司了。就下水，一下水，一接近了那快淹死了的小孩，那小孩就像条没翻塘时的鱼儿，"哧溜"一下就游得远了，接着岸上

078

岸下，就传来了一片孩子们的哄笑声……

当年孩子们的诡计，在这西家大塘里是屡试不爽的。

当年在这西家大塘里，年年夏天小孩子们都来游水捞那翻塘的鱼，年年都没听说淹死过一个人。小孩子们没人教，水性却都是那么好，真是叫人想不通了。

当年夏天每到西家大塘翻了塘的黄昏，从南京城北的高楼门，到丹凤街，再到大石桥唱经楼，窄窄的街上不管你转到哪里，哪里家家都有人在门口大咧咧地洗鱼，家家敞开着的门里，都会听到下锅煎鱼时"滋啦"一声，接着不久三四里长的街上到处都飘荡起了鱼香，到处都散发出了从西家大塘里捞出的野味来……

这种情形也太张扬了，叫玄武湖的人颜面扫尽。要么人命，要么鱼；要了鱼，假如真闹出了人命来，那真是谁也吃不消的。想来想去一来气，就彻底地把西家大塘放弃了。后来随着住在周围的人多了，人多了又不太懂得爱惜，先还只在西家大塘里淘米洗菜洗衣服，后来就开始在里面刷马桶了，再后来通了自来水，于是在西家大塘里刷刷马桶已经变得理所当然的了，再于是人们就再也不敢下塘去游泳了。西家大塘的野性也就这样渐渐地消失了……再后来，朝西家大塘里扔垃圾倒垃圾，习惯也就成为自然了，就这样，西家大塘渐渐地就奄奄一息了。

其实南京过去城里的池塘多了，荷花塘、黄家塘、五塘村、九莲塘，这还都是比较大的，小的则不计其数，只要你看到这街这巷的名字有了某某花园、某某菜园的模样，这里肯定是有塘的，甚至不止一个，因为过去没有自来水，如果没水塘，那是不可能种花种菜的。

西家大塘只不过是这大大小小数百个池塘里，最有名的一个。

只不过几十不到一百年的工夫，南京自然生成的水塘就几乎消失得干干净净了。楼房在上面建起来了，再想挖出它们，已经不可能了……人将越来越多，城将越来越大，这些池塘们却统统地躺到了它们的下面……

与之比起来，西家大塘还算是幸运的。

毕竟在西家大塘原来生存过的地方，还留着了一池水，这池水还被人称之为西家大塘的。

东篱下

# 却道天凉好个秋

我看画画儿,其实也就地地道道看着玩玩的,并不以为搞了文学,便就会通到美术中去。不过,以另一种眼光看画,虽是外行的乐趣,却也乐在其中了。看刘二刚先生的画,情形就是这样。

那时我并不认识刘二刚。那是在一个落叶飘零的季节,我非常偶然地跨进了玄武湖翠洲的那间美术馆。我看到了满墙的画透着别样,便就兴致盎然地一路看下去了。有一幅画着两排鸟儿,其中一排枝儿上的鸟,尽皆闭着眼睛作深睡状,只有一只大大地睁着眼睛。画家题画曰,"众鸟皆睡,一鸟独醒";另一枝上,所有的鸟儿都把眼睁得贼亮,而独独一只鸟闭着眼,似在梦中睡得深沉。画家又题画曰,"众鸟皆醒,一鸟独睡"。这就让人想到了那一句,"世人皆醉我独醒",而这位刘二刚先生却又好像有意无意地把这个意思搞得歪了一点点。又一幅,老大的一枚铜钱跃然画中,透过四方的钱眼,一个小老头伏在上面把屁股撅得老高,正睁着一只眼,又闭着一只眼在朝钱眼里望,画家又题画曰,"老也看不透。"这就显然有着一个大幽默了。我看着默默地想笑,觉得这些画中总有些东西似在与观者达成默契。再一幅,两个小老头各坐在一个山头上,举杯相邀,怡然自得,画的题目已是记不得了,但那画上一轮朦胧着的月,似隐似现,似有若无,整幅画形成的那么一番恬淡闲适的意境,却至今还留在我的脑海里。而当我看到有一幅中满画的东风鼓荡,有许多小老头正在凌空飞翔,飞翔在蓝天白云中,飞翔在丛山峻岭间,蓦然间便又想到了庄子的那一句,"扶摇直上,不知其几千里也……"

这是一种什么画呢,用笔简约,造形夸张,画也罢,书也罢,都透出了稚与拙,童趣盎然。画中一笔一画所勾勒出的线条,无不力透纸背,而画中所透出的意境,一言两语却又难以尽言了。

后来我知道画家刘二刚先生,已是个五十多岁的人了。

人到这岁数上事业有成,肯定是经过大磨砺,尝遍了人生滋味的。在众多的文人画中,刘二刚先生自成一格。他的画在稚与拙中,透出的气韵平和而幽默,却让人看了觉得在这清心怡然的背后,好似还有,"如今识尽愁滋味,欲说还休,欲说还休,却道天凉好个秋"的味道来。意识到这一点,蓦然感到刘二刚先生的文学修养,其实也了得!

于是我又想到,文学和美术,就其底蕴,都是对人生的一种表达。

东篱下

# 关于"黑哨"

起先看到所谓"行家"们对于世界杯行情的预测,心里就不以为然。果不其然,凡被看好的队,诸如法国、葡萄牙、阿根廷在第一轮里就成批次地卷起铺盖回老家去了。心里怎么说都有着某种别样的快意。这倒不是说我更懂球,恰恰相反,我对于足球是属于"无知者无畏"的那种。四年一度的世界杯足球赛给出这样的结果,是对权威的否定,也正应着了我们中国人的一句古话,"王侯将相,宁有种乎?"心里还真是希望有支完全不被看好的,然而又是有实力的球队成为黑马,在公平竞赛中杀进总决赛去。

可是看着看着就觉得变味儿了,第二轮意大利队被韩国队淘汰出局,权威是被否定,可这又绝不是我要的那种否定,这否定缺少了一种公平的气味。接着心理急转直下,又有些怀念起法国、葡萄牙、阿根廷来,总觉得世界杯上少了他们,便就有些黯然失色了。看来权威不是来自哪支球队,也不是来自哪个足坛大腕的评论预测之类，而是源于足球场上的裁判。裁判充当了"说你行，你就行，不行也行"的那么一种角色。不是么？你明明进球了，他吹你越位；你突入禁区被别人放倒，他却判你假摔，红牌下场，这样的情形光意韩一场球中就多了去了，于是场外的行家与球迷们由纷纷表示看不懂，一直发展到破口大骂都在情理之中。但也仅此而已，在球场上裁判被赋予了无上的权威，他们的权力没有受到任何制约。至于以后这样的裁判会不会被制裁，这与比赛的结果，早已是两不相干了。

　　足球就是这么一项运动。球场上没有裁判的权威不行，有了裁判的权威却又会被滥用，恐怕这就是足球的致命伤了。由此想到"内行"们看球，缺点就是在于太懂了，太在具体的细节上"较真儿"，反不如泛泛而言的我们看球眼界来的拓展。有些情形如果你把眼睛盯在场内，而人家偏偏在"场外"作了功夫，那么你的懂，岂不是白白懂了？

　　当真是白懂一回了？意大利队满怀悲情地被扫地回家时，意大利黑手党赌球为此输了美金至少五千万，从而向那个厄瓜多尔裁判发出了"死亡威胁"。我想，这肯定是个下三烂不得人心的招数，然而却又别出心裁，大约比意大利足协，以及主教练们的抗议，要来得令人耳目一新得多。其实光光惩治了一个裁判不行，因为世界足联与欧洲足联关系的不和，并不会因此而得到了结。于是喜欢看热闹的，如我这般的外行球迷，便就可以也帮着支出一些类似下三烂的招数。欧洲足联不是受到更为权威的世足联不公的对待么？那好，那么欧洲足联就用不着再那么闭关自守了，只需在欧洲足球联赛前多加一个"泛"字，就可能把全世界的足球强队都吸引过去，让世足联落得个"茕茕独立，形影相吊"的下场，岂不是件快意人生的事？那样全世界内行与外行的球迷，除了看足球，就更能看到足球以外的一番热闹了。

说起来容易，其实做起来几乎是不可能的。别的不说，光看看英格兰、巴西、土耳其这样几支残存的球队，不是还在孜孜以求，试图分得世界杯的一杯羹吗？

有感：今年见了这小文，我忽地笑了。十四年前，看了那年的世界杯足球，有了感慨，于是就想到什么说什么。反正说的是世界杯，世界很大。

殊不知这些年国内的足球，也连着了世界足坛的风云啊！风起云涌，风雷滚滚，收贿索贿的足协的高官们纷纷落马，落到监狱里去了，而那些吹黑哨打假球，公然欺辱了世人的球员与所谓的世界级裁判们，也都绳之以法，到了他们该去的地方与那些高官们为伍了。于是当年我写的这篇小文，就有点别样的意思了。我是个俗人，这当然是有点小开心的。

但，足球就是这么个玩意儿。经过这么一番治理，就真的能一劳永逸地好起来了么？

别得意得太早，我又笑不起来了。

## 蔷薇花

我所住的小巷里两边相拥着,有好多人家都在墙边或是铁篱笆下,种着了一溜排儿的蔷薇花。

起先我并不在意,觉得它们也太芸芸众生了。后来我每天进进出出于小巷,见得久了便对它们生出些好感来。特别是在春天。

五月份正是春浓的时候,好像什么花都开了,蔷薇花也开了。

蔷薇花开时,似乎都是结伴而来的,一簇簇,一群群,一片片,拥挤着要开一齐开;开到最尽兴时,那几十米的小巷里啊,红的、粉的,浓浓的新绿衬托着它们,层层叠叠仿佛彩云堆砌着,堆砌得墙头上铁篱下到处都是色彩斑斓的了,把一户户的墙头,一家家的篱笆渲染得一往情深。有时我一头折进巷口,便见到了那一片单单由蔷薇花汇成的海,它们波澜迭起着,或欢声高歌,或浅吟低回,千姿百态中显出了一种"众"的气势。这情景望着就叫人有些惊讶,生命在这一瞬间被蔷薇花竟能宣泄得如此淋漓尽致,仿佛整

## 东篱下

个儿的春天也由此达到了高潮，变得无比喧闹起来，这喧闹却又伴着清清的花香，是静静的……然而如遇风雨，蔷薇花又是那样的经不起吹打，它的花瓣一层一层又一层，便会把墙下的小径落满了，落英缤纷之中让你远远地望去，望而却步，是怎么也不忍心蓦然下脚，去将它们踩在脚下。而这时远远地望，墙头的蔷薇花，落的已是落了，开的依旧开着。

大约过了十几天，蔷薇花就谢得尽了。入夏以后，它的叶已变得黄迹斑斑，夏天没过，便就落了，只有青青的枝蔓在墙头篱下攀爬着。

又要等到第二年了。

来年五月百花盛开的时节，它依旧会用它那喧喧闹闹的方式，来对自己生命进行一番表达。一年一度，一枯一荣，芸芸众生，热热闹闹，有什么不好？这就是蔷薇花的活法。

后来那几户人家相继都把蔷薇花砍了，大约是要种上更名贵的花。于是我再经过小巷时，便觉得这小巷缺失了最珍贵的，特别是在春天。

蔷薇花本就寻常，它是属于窄窄小巷的；小巷的深处，其实缺不了蔷薇花。

此为入住丹凤新寓二十四楼新书房所写第一篇作品，平生第一次有书房，快事也；书房何名，不知道也。

## 有房朝东

都说房子朝南的好,可我去看那座房子时,感觉好像不是这样。

那座房子很高,足足有32层,从电梯间的窗口朝南望,正好又有两座同样的楼房并列着,从它们的间隙处是可以看到些许天的,然而这天也已被远处那群像石笋般拔地参天的高楼挤得格外狭小了。除此以外,最叫人触目而不能释怀的,便是那两座楼从上到下数百个黑洞洞的窗户了。我想,如果在这里有屋朝南,再在窗前置一书桌,每日都坐在那里与对面的窗户相互窥望,心里一定不会怎么太自在。话是这么说,其实在我去看房选房时,朝南的房子早已是各有其主了。

于是我选择了朝东的一套,楼高27层。

那是个夏末的早晨,当第一次踏进这屋时,我看见窗外的阳光一片灿烂,因了光线的缘故,远处的紫金山是并不怎么分明的,似乎遮着了一层雾,若隐若现;然而再看别处,熟悉的景致豁然之间

## 东篱下

都变得是那样陌生而新鲜。北极阁矮了，静静地卧在都市之中，一任周围市声的喧闹，青翠而葱茏。一旁的鸡鸣寺，黑瓦黄墙，殿宇重叠着，有风吹来，便似隐隐听见了那里宝塔上传来的铃声；玄武湖，浩浩的一片大水，被这山这寺隔开了似乎分成一东一西的两面镜子，晨光初照，浮光跃金；再往北看楼房隐约，绿树相间，极目之处幕府山出现了，远远地横在天际，我想"山抹微云"大约就是这个意境了，而这"微云"的背后，便就是滚滚东去浪滔不尽的长江；长江是看不见的，但在那"微云"的上方留着些空白，其意味便就格外地隽永。

东面的紫金山是要到下午或将近黄昏时，才是最见得分明。此时西坠的太阳向东，照得钟山雄峙而巍峨，正披着一身的青翠逶迤东来，宛若游龙，而中山陵与灵谷寺已然遥遥可见，碧瓦粼粼点缀其间。

金陵盛景，多在城东一带。环顾四周，南京一城处此佳地而能眺山望水的，不过数楼而已。窗外的景致无价，它是一幅永远挂在窗外活生生的画，每天将身心与这景交融，则更是一件叫人非常赏心悦目的事了。

因此，我对有屋朝南不朝南的情绪，也就淡了。

果然到了冬天，便听到了向南人家的抱怨，说被前面的高楼所挡，每日仅能见到一小会儿太阳。我想岂止是太阳，还有那上百个黑洞洞的窗户呢。

## 想起了青云楼
### 长篇历史小说《台湾巡抚刘铭传》后记

有不少人对我说，他们看书，都是从最后面的后记开始看起的。为了尊重这一颇有见识的喜好，于是我大凡出版新书，总忘不了写一篇后记，并力图将它写得花团锦簇一般。

《台湾巡抚刘铭传》原是我上一部历史长篇小说《沧海·苍天——北洋水师覆灭记》（台湾省繁体字版书名为《一八九五——李鸿章》）中的一个章节，有人看后觉得刘铭传这个人物有意思，建议我写，并说"你动了一个头，后面一牵，往往就是一个系列"。动听而真诚的话不在乎多，只一句就足以叫我心领神会了。于是便就有了《台湾巡抚刘铭传》的写作。也恰好现在海峡两岸的关系为统一与否，正搞得有些热烈，于是我写《台湾巡抚刘铭传》就多了层更宽阔的意思。但后记，是我与读者直接的交流，是为了更好地"诱发"起读者读我这本书的兴趣的，于是我的心绪往往不愿受到局限，总是喜欢飘到另外一些事情上去。

## 东篱下

大约在十六年前,南京市作协办公的地方,一度在夫子庙大成殿后面有座叫"青云楼"的楼上。这个楼名很趣,所谓"学而优则仕"便就"青云"直上了。那时文学的热潮滚滚,成千上万的人指望着文学优而则仕,青云直上呢。当然这个"仕"也不完全是做官,那时谋生的途径窄,更多则包涵着寻找个出路的意思。因此这个"青云楼"上当年很热闹,各种座谈、讲座、辅导班不断,并且往往是日以继夜。

是在那年秋天的一个晚上,市作协请当红作家张弦谈他系列爱情小说的创作经验,地点就在"青云楼"。"青云楼"上其实并不青云,楼板一路踩过去"咯吱咯吱"直响,上面没有天花板,屋顶很高,显得很空洞,黑乌乌的一片;从房梁上一线垂下,吊着盏灯,旷室孤灯,再亮的灯照在这里便也是昏黄的色泽了。应该说张弦不但小说写得好,口才也颇佳,那天因是临时通知,晚上赶来的人并不多,但从七点半直到十一点,他滔滔不绝讲了三个半小时几乎没怎么停过。随着时间的推移,那三个半小时他就其作品讲了些什么,十分具体的差不多都已记得不怎么清晰了,但其中有两点我至今还好好地记着。一是对于文学创作境界的追求"只有法乎其上,才能得乎其中;如果法乎其中,便只能得乎其下了"。看来他的文学眼光不俗,一直都是盯着"其上"的,至于法乎"其上"便就得乎了"其上",他没说,这其实是件由不得人的事。那天还被我记着的第二点就是他的一个感叹,他说:"作家总是想把什么都看透的,其实真的看透了就是个悲哀,那样还有什么东西好写呢?"这话从他嘴里道出,就别有一番滋味了。张弦上世纪五十年代从北京钢铁学院毕业,学理的,偏偏又爱上了写小说,五八年被打成右派,"文革"时在安徽省马鞍山市的电影院里卖门票检门票。应该说个人经历，世态炎凉，他是个应该把世务看得透了的人。然而正当走红时，他却说出了这样的话，看来张弦当时已经意识到了"看透"对于作家存在着的一种威胁。都琢磨透了，作家看世界的眼光老气横秋，新鲜感就没有了，激情也就没有了，文（当然也包括小说）也就失去了一种内在的活力……

斯人已逝，然而经过岁月的淘洗，张弦的这两句尽了一份真诚的话，却在我的脑海中留了下来。

其实世界上的事，有谁能都"看透"呢？所以我觉得对于事物，作家顶好是去感受。感受政治中的疾风骤雨，感受太平盛世时的风和日丽，感受一词没有思考那么激烈，包涵着更多的宽容，更多的余地以及更多的自在，因之也就为作家的"看不透"，为作家保持着一种激情，一种看事物的新鲜劲儿，提供了理由。

话题又回到我写的这个历史人物刘铭传身上来，应该说他是一个政治家，他同时又是一个对许多事情都没有"看透"的性情中人，这就有些特殊了。中法战争前，他因呼吸不惯官场上的空气，长期赋闲，直到中法战争他这才重新出山的。不想抗法保台一战成名，事情做得可歌可泣轰轰烈烈，从而名垂青史。这些就是我这本书中所写的。以后或者有兴致，我将写的便是他在台湾当巡抚的种种，修铁路，修与大陆相连的海底电缆，办工厂，通贸易，安抚高山族同胞搞民族和睦等等……但他却被满清朝廷撤了职，以此来作为仕途的终结。又过了几年到了中日甲午战争，朝廷数次召他出山，他负气拒不出山，然而一旦中国战败，他又死不瞑目，把一口气支撑了整整六天不肯咽下去，直到听说台湾被日本割占，他这才指着东面气绝身亡。就他个人而言，这就是又属没有看透了。

作为政治家，刘铭传不是老辣的，成熟的。但作为历史人物与

## 东篱下

小说人物，他便又是生动的极具风格的，也是最能入笔的那一种。因为他混迹于官场，却能够拍案而起激动得起来，作为小说人物，这就有味儿了。作为作家亦如是，老练到、成熟到一定程度，"激动"不起来了，却把一些腻味了得东西把玩得津津乐道，那么也就有点值得别人为他忧虑了。

当然什么时候，就我而言，我自以为把什么都"看透"了，而圆熟得激动不起来了，没了拍案而起的劲头，那么我所走的文学这条路也就趟到了尽头。就作家这个群体而言，正所谓"林子大了，什么鸟儿都有"，不同的风格，不同的见解，恣肆横流，你这么说，他那么说，都是极正常的。所以我以上想法，因了一本书的出版，不过是一时兴之所至，说来玩玩罢了。

另外，我写这篇后记其实还有个很实惠的意思，又临到要评职称了，据说条件之一就是要写小说的，还需拿出一篇文艺理论方面的文章来，于是以上就多写了些个人见解与见识方面的东西，算上算不上理论，就要由人家说了算了。

不过好在也算一篇，拿去混混罢了。

# 新西兰的绿

离开新西兰,好像什么印象也没有了,一闭上眼,满脑子里生出的都是绿。

那绿是在离开新西兰的北部都会奥克兰以后,在去一个毛利人部落三四个小时的行程中见着的。车行不久,绒毯般厚实的绿草地便就铺天盖地而来,这绿并没有由淡至浓的过度,一下子就很深入。我两眼在极力地搜寻着,可连哪怕碗口般大裸露着的一块黄土地也没见得着,便就觉出这绿有种压迫感,绿得有些触目惊心了。

一路上看去,这里的山,都不甚高,这里的河,都不甚宽,这里的地,都不甚平,但却连绵数百里地起伏着,是那种很温顺很柔情的荡漾与起伏。就如一个女子,裹着一身绿衣,该高的地方高上去,该收的地方收下来,线条舒缓而流畅。间或之间,一道清澈的溪流,一方明镜似的湖泊,一座红顶粉墙的小镇点缀其间,明眸皓齿,便就更显出妩媚了。

## 东篱下

　　这样连绵数百里跌宕起伏的草地，似乎是一点缺点也没有了，但却单调得都叫人有些生气。听导游说，这里的四季都不甚分明，这里的四季都没有疾风暴雨，都是常新常绿的，更重要的是这里远离所有的大陆，离群索居，从来也没有发生过内部的战争，也从来没有被外来的战争所波及。所以新西兰人是颇以为自豪的。他们说，是上帝特别地偏袒，特地将这一方乐土，放到了这天涯海角般的南半球来了。导游是个上海移民来的华人，尽管已有了人家的护照，但他依旧好似在诉说着人家的东西，因为他是以辛苦的导游职业来谋生，他的脸上书写的是孤独。他说他每年都要回上海老家看看不同颜色的。于是，我便也想起了我们的大陆，有山也高，有湖也广，有水也长，阡陌纵横大开大合而又是杂彩斑斓……尽管她不如人家富裕，尽管她曾经战乱连连，尽管她没有人家这无边无尽，尽显丰腴的绿。

　　途中在一小镇暂停，我下车点上一支烟刚吸了没两口，就有个高大的白人汉子向我走来，我的目光终归就带着了几分警惕。他向我伸出手，笑笑，又指指我手里的烟。原来他向我讨烟呢。给了他烟，又帮他点了火，他就拼命地痛吸着，走了。我长久地盯着这个人的背影，满身的邋遢，一身的酒气，但却年轻。我想，这人是在精神上垮了，在这个高福利的国家，这人过了今天不想明天，拿到救济，肯定是一转眼就买酒喝掉了。此时我想起了国内的乞丐，并且无端地生出些好感来，尽管他们的乞讨往往带有行骗的性质，但他们是把讨来骗来的钱寄回家去造房子，是想把家里的日子过得好起来，不管怎么说，这也是一种向上的精神。这就不同了。

　　不管怎么说，那个年轻而又高大的乞丐，终究使我看到了这片绿野上的一块疤痕。于是，我觉得绿得太过于浓稠了，是会把人看软掉的。

## 墨尔本的河

　　澳大利亚的墨尔本，是座先规划好而后再去建造的城市，街道一律都是东西或者南北走向，横平竖直，就像一首在方格子稿纸上填写出的，规整的律诗。它的高楼大厦不多，多的是一二层楼别墅似的建筑，虽然不高，却有八百多平方公里，呼啦啦非常夸张地铺了一地。

　　有城市必然少不了河流，在我的想象中，这么大的一座城市，流经它滋养它的河流即使不似长江，至少也该是黄浦江那个样子的吧？

　　那天导游在墨尔本市区的一座公园，很慎重地把我们带到一条河边，用手指着说，"这就是亚拉河，墨尔本的母亲河。"我们看见眼前的这条河，宽也顶多不过二十来米，河水很平，盈盈的、漾漾的好像随时都要溢出来，因而它的岸线并不分明，和两边起伏而青翠的草坪、穿天的绿树相处得宁静而平和，河上有桥，却都不高，

## 东篱下

有小舟在河中散漫地漂流着。导游还说,"这里大约就应算作亚拉河的源头了……"一条河的起止都在同一座城市,我就搞不清导游的说法,是不是十分的准确。我们的目光又转向了这条亚拉河。大约是初夏,不大不小的雨时落时止,清清的河水中泛着少许的黄色,这分明是一条应该在乡间,自在流淌着的小河,可它偏偏起源流经的都是墨尔本这座大都市,它能承受得起这座城市的重压吗?我将这担心告诉了导游,导游有点儿愣住了。

第二天导游就把我们带到了墨尔本火车站的附近,去看看这亚拉河的另一面。这一段的亚拉河,因为有了钢铁桥梁高高的耸起,有了桥上来来往往的车流,这才使人感到亚拉河在这里的确变得有些宽阔了。站在河的对岸看,车站就像一座华丽的教堂,不是很高却是很长,亚拉河就静静地躺在它的身边,车站那金碧辉煌的影子一旦落入水中,便也就随着流水波动幻化着,如同一个伟岸的汉子,这会儿便也是柔情似水的了。我想,这里应该就是亚拉河最美,也可能是最壮观开阔的地方了。我目送着平静流淌着的亚拉河,亚拉河似乎在这不远的地方拐了一个弯,远去了,然而这座城市远处那显得有些生硬的棱角,经它轻轻地一拂,便就显得柔和了……

倒是亚拉河的入海口,给了我关于这条河的全部感触。虽然是从车上匆匆地一瞥,但菲利普海湾赫黄色的岸线,淡蓝色的海水,几艘进出港湾呜呜呜响着的巨轮,兀然高立的吊塔却都历历在目。亚拉河在这里又转了一个弯,就直接面对着大海那一派壮阔与浩然了。亚拉河融入了大海,它消失了。

从源头到入海,这是一段短短的旅程。亚拉河没有耸入云天的冰峰雪岭作为源头,没有高山深谷作为旅途的依峙,它所流经的城市墨尔本，也只有短短不到一百七十年的历史，亚拉河的流程和墨尔本一样的短，但它却将一座大都市滋养得那么丰润。

亚拉河从墨尔本穿城而过，它如一曲婉约的小令，与墨尔本这首对仗工整的律诗共同吟唱着同一首，对于这一方土地的颂歌……

这是世界的另一端，世间的事物，其实都各有各的式样，一如有长江，也有亚拉河。

东篱下

## 悉尼的海湾

悉尼市所依偎的杰克逊湾,是一道深邃的海湾。

这海湾的形态曲曲弯弯,这海湾的海水湛蓝湛蓝。

海湾两岸是高低起伏的山峦,青翠欲滴山峦中的别墅,红色的顶,淡黄色的墙,有的点缀着,有的连成一片,蔚成大观。

在这海湾的中部起了一座桥,很宽,拱圆形的桥身高高耸起,一跨过海,犹如半天里飞起的彩虹。它修建于上个世纪二三十年代,建成后人们对这座完全由钢铁构建起的庞然大物,怎么看都觉得缺乏安全感,于是就又贴着两岸钢梁修起了两座桥墩,这桥墩并不承重,不过是个装饰罢了。桥墩修好后,这桥的确就有了一种古朴而又雄伟的气势,在观感上显得坚实了。

因此导游用一种调侃的口气跟我们说,"澳大利亚也不过如此,尽瞎花钱。"

高高的一座钢铁大桥飞跨海湾,桥下百舸争渡,千帆竞发,将这平波如镜而又碧澄的海面,翻犁起了一道又一道雪一样的浪痕。桥东南不远一处三面环水的半岛上,悉尼歌剧院就坐落在那里。它如同这海湾中升起的几瓣洁白如玉的贝壳,又似海中错落着张扬起的数道风帆。悉尼歌剧院也是一座耗资巨大的庞大建筑,歌剧院的背景是悉尼的大桥,它点缀了大桥,大桥反过来又衬托了它。在阳光的照耀下,在蓝天、白云、碧海、青山连成的一幅广袤而绚丽的图景中,人们才会从心里发出一声赞美,这里如果缺了它与它,缺了它们,就称不上是悉尼的海湾了。

悉尼大桥西边不远,就是情人湾了。

这里只能看到半幅大桥的身影,景致在平静中却彰显出了别样。一处处的小码头向海湾里伸去,成千只的小艇,千姿百态地泊在码头旁,落尽了风帆的桅杆林立在那里,随着海波轻轻地荡漾,有海鸥白色的身影从海面上滑过,又蓦然跃起,围绕着船桅扑腾腾地飞翔。

悉尼火车站,一所呈起伏状的银灰色建筑就坐落在这里,它沿着海岸缓缓伸展着,它那悠闲的样子,似乎又是从海湾里掬起的一掬波澜。导游领我们来,其实是来看这里阴井盖子的。原来在这车站临海的街上,用黄铜铸成的阴井盖子上都铸有世界各种名人的名字,原因是他们到悉尼来,都是从这里下的火车,悉尼的美景的第一眼,他们就是从这里看到的。于是我体味到,这其实也是一种细部的有滋有味的装饰罢了。

其实悉尼的歌剧院、海湾大桥都是这悉尼城市的一种装饰。如果将它们的实用价值与审美价值分开来看,道理就和我们装修一所新居,修建一座市民广场,营造一片城市绿地一样的简单。问题就在于要富裕,要有了钱才行。富裕了渐渐就会从实用中,生出一种

## 东篱下

更高的精神需求来。

  只是这悉尼海湾的装饰，实在是巨细不遗似乎太奢侈了些。只有见识了以后，才不由得不叫人发出一声长长的感叹。

紫金文库

# 为先生祝寿

这是学生们自费为先生祝寿，华灯溢彩，整整摆了三四十桌。

学生们是为他们的先生，药科大的徐国钧教授祝贺八十岁的寿辰。而他们的先生这时却躺在病床上，大概是再也不能来了。

中国科学院院士徐教授在药学界的成就是公认的。可是他的学生们在这祝寿乐曲旋律中，提到的却是另外一些事。好多人说到拜年。结果总是在工作室里才能找到先生。这是因为先生五十年代就得过癌症从而失去了左眼，他是在用工作，来抵消创口常年发炎带来的剧痛。学生们说，他们当年读博士硕士时都还年轻，常常耐不住寂寞晚间悄悄溜出去，老师就从隔壁的工作室走过来看，不做声，一次、两次、三次，一直等到深夜见着人了，他这才走。先生身教重于言教，先生做到了，他才来要求他的学生。他们还说，做毕业论文的时候，虽然先生和颜悦色，但他那一关最难过。当学生的心里抱怨，可翻翻稿纸，有些地方先生改得比

东篱下

学生写得还要多。先生这时才会说，谁叫你们是我的学生呢？等走上工作岗位后，就再没人这样要求你们了。如果你们再教学生呢？现在不严谨那时就不得了了。然而学生受了委屈，一向不多言语的老师却从来都是据理力争大声疾呼。因此有个当了某医科大学校长的学生毫不讳言，今天下午，他在老师的病床前哭了。他们这些学生在外面，总想到是徐先生的学生，他们不能给老师丢脸。

祝寿的宴会举行到这会儿，气氛就有些凝重。他们心里要说的事，其实很多很多。

有人提议为他们的先生祝酒。于是在温馨的乐曲声中他们一拨一拨地站起来，为他们的老师，"祝你生日快乐"。上个世纪五十年代的，六十年代七十年代的，一直延伸到今天最年轻的一代；这里有学生，有学生的学生，有学生学生的学生，一波一波又一波，这是一支有着三百多人浩浩荡荡的队伍，他们都在唱着同样的一首歌，祝他们的老师生日快乐……这里如同荡漾起了春潮，这里洋溢着师生间那样一种无可言喻的情谊。

我想，还在病床上躺着的先生，心里一定是感受到了。

祝寿的酒宴就是在这样的气氛中走向了它的尾声。这时一些刚刚入学的同学提出，一定要将那几十只花篮抬到徐先生的病房里去，因为他们已经从他们的老师身上感受到了他们老师的老师了，可是他们都还没见过徐先生，他们说，我们去，哪怕是在病房的门缝里望一眼也是好了。这样的要求是无法拒绝的。花篮被这样一群年轻人抬走了。

我想，徐先生在这个虽是初冬的夜晚，却一定感受到了扑面的春风。感受到了桃李满天下的快乐。我想，做老师的一个安慰在这里，一个乐也在这里。

　　这样的师与生，在我们的学校里一定是很多很多。不过是我这个没怎么在大学里待过的人，接触的不多罢了。

东篱下

# 人要有根

看到2003年首期的《南京作家》，就觉得这篇东西不写，怕是无论如何说不过去了，因为人要有根，人也不能忘了根本。

这几年我写了些想写的东西，一动笔就很认真，每个字拿出去恨不得都要多摸它几遍，因为东西一出手，就是泼出去的水了。同时我又是个比较慵懒的人，不会赶着写东西，不造势，一切顺其自然，这大约是朋友们都知道的。因此与各方面的联络都是淡淡的，对于市作协，我放在心里，联系得却不多。现在想来，就容易让人产生误会，说你这人忘掉根本了。

我的根本其实就在市作协，这里是我走向文学的第一步。

二十多年前了，南京市作协办了个文学讲习所，我在其中整整待了三年，当年的文学朋友至今还常联系着，随着时间的推移，相交终生，怕是已成事实了。而当年为办好这个讲习所倾尽了心力的万放先生，已经离开了我们，每每想到他当年拿着我虽还不成熟的作品，却也读得击节称快的情景，总有些伤感，总有些思绪万千。于是想到的是今年春天，一定要去看看他的夫人刘舒老师，当年我的作品她每篇必读，耳提面命，为我急过，也为我喜过，如今不能让她太寂寞了，同时也一定要送上我出的书。市文学讲习所当年创造了一个大环境，文学的氛围那是一流的，一切都得力于当时的各位先生，这里有我的恩师陈椿年，也有俞律先生，因车祸而故去的林振公先生，功不可没则是毫无疑义的。林振公先生是个外交能力极强的人，为办文讲所，他不计个人得失，奔走劳碌，为请教师作家，为召集学员上课，常常是热情洋溢却又是大声疾呼。同学们相会聚集时，每每议论到他，都说他外在精明，内心仁厚，是个大好人。同辈的人中，华炳兄当年以一篇小说《重赏之下》而成名，调入市作协后就搞文讲所的工作，论资格也应是师一辈的，要放在一些好为人师的人那里，同辈中得志，早就傲得不知怎么好了。而华炳兄与我们，从来都是平等相处，讨论作品，好处说好，坏处说坏，不看人，也不媚俗，我就得到过他不少的帮助。同学们议论起来，最为称道的也就是他的待人以诚了。想到的人，想到的事很多，一旦想到，就都历历在目，写小说，足足是个不错的长篇了。

中国作协也办过文学讲习所，我没有上过，但我却很为我的南京市文学讲习所的出身而自豪，因为这里培养出了一批人，散布在省市文化类的各个部门，即便不在文化部门，由于当年受过很好的文化，文学的熏陶，现在干什么，也都是个角色了。

我这个人，总喜欢把珍重的东西装在心里，没事时就会翻出来掂量着，重温着，有甜甜的眷念，也有难以遣释的伤感。因是这样，我在写到一些别样的文字，比如向单位，向出版社写个人履历或是简历的时候，写上毕业于南京市作协文学创作讲习所字样，是从来也没有忘记过。

因为我是从这里出发的，这里是我的根。

# 大　水

今年夏天发大水，在电视上看见灾民们住在帐篷里，就多少有些感慨万千起来。雨夜聊天，于是我和朋友各自都说了个在大水中身临其境的故事。

大约是七二年夏天，下雨了，瓢泼着人来疯似的一个劲儿下了三天四夜，搞得一世界都是混沌沌白茫茫的一片，于是夜里就听见远处河谷的方向，传来了如同从人喉管深处发出的愤怒而沉闷的低吼，不久那吼就吼得敞亮而豪放起来，轰轰然像是从远天传来一连串的雷。于是就听见队长在村里哀号着，"天漏了，发水了，都出来抢险哦！"于是一村的人就拿着家伙出门，朝那闷雷发出的方向奔去。到了河谷的水坝上，天已快亮了，这时我们看见那发出满腔怒吼的坝口仿佛被噎住了，大水已无法从那里涌出，便转而爬上了坡岸，汪洋恣肆般地向四野里漫去，坝上坝下的水很快就汇成一片。于是平日一望无垠的绿色田野没有了，一座座的村子就像漂荡

## 东篱下

在汪洋中即将倾覆的舟，脚下的大坝也在微微地颤抖着。队长看着看着，说一句，"天灭人了！"一软，就蹲在坝上哭了。

这里是句容县的丘陵山区，大水把什么都淹了，已无食吃，大水退后只好回城。一路上我看见原来葱绿的田野都变成了黄乎乎的颜色，田里的稻子都向着水退的方向倒伏着，就像朝着一个方向梳过的头。车过宁杭公路上的黄梅桥，这里有条通向宁镇山脉深处的河。大水过后河床被冲洗得一尘不染，唯有河床中落满了大大小小的石头，而那座钢筋水泥的大桥已是了无踪影，它被大水冲走了，被冲到下游三百多米的地方仰面朝天地躺着，像条巨大无比的死牛。自然界瞬间的爆发力，至今也叫我惊叹莫名。没有谁来救灾，那时我的感觉是人在混沌沌的天地间渺小得连沧海一粟都不如，孤零零的，很无助。

后面我朋友说了个比较浪漫的有关大水的故事。

他说，他插队的地方就在淮河流入洪泽湖的口子上，逢水必淹，大小而已，所以他们那儿的人已经锤炼得处变不惊了。也是在七二年夏天，下雨，天亮后醒来还睡在床上，只觉得身下湿漉漉的，睁开眼看看，鞋子一只只地漂上来了，起来捞鞋子，床又漂起来了，后来锅碗什么的也都漂了起来，他们就满屋子地捞东西，捞着捞着人也漂起来了，这才想到米，就又在水里捞起了十几斤的米。这时只听外面轰的一声，轰的一声，在倒房子。好在他们知青住的是砖房，没有倒，于是他们就把桌子架到床上，人就爬上去蹲着。没有什么人来救助，是自生自灭的那样一种天然状态。靠那十几斤米他们将就着过了几天，大水退了，就又和村里人一起出来捞东西，还捉鱼。大水过后那鱼多到什么程度？凡是洼一点能存水的地方，都是鱼，连一个牛蹄子印里都是鱼。讲起来就像在骂人，大灾过后没得吃,就吃鱼。听着听着我还是起了疑惑,我问,吃鱼,那你们烧什么?朋友说,没得烧就烧房子呀?烧房子上的草呀?我一笑,我想,这就对了。

  我想,这些浪漫却又充满着艰辛的经历,若不是今年发大水,怕已经要快在记忆里被彻底地埋葬了。人和自然,确实是一对老冤家了。而不同的是现在发大水,水一来人就上了大堤,住帐篷,喝矿泉水,吃方便面,尽管也难,但境遇却和以前不一样了。

东篱下

# 理解语文

语文是学生的基础课,学好了语文再学别的,至少就会方便得多。语文又不是单单识几个字的事,它是和文学一般看来谁也离不开谁,相互牵扯着。那么说到理解语文,就有些叫人费解了。那么我们就先从对语文教学的不理解说起。

我女儿现在进大学学医了,她还在读小学的时候,我就企图在语文学习,特别是作文上加以辅导。然而百分之百地事与愿违,女儿凡是依照我的来,在考场上必败无疑,于是搞得我与全家人都很郁闷。女儿终于说我这个作家说得不对,是和老师说得不对。那么我和老师说的究竟差异在哪里呢?一深究这才有点明白了。这明白是女儿给我的,比如她们上的语文课,老师讲朱自清的散文《荷塘月色》的阅读,女儿说这篇散文里被老师安置了许多点,就像地雷,阅读时就必须按照一定的路径来行走,按点踩响它。换言之是绝不能这么读,而必须那么读的,否则那就严重了,拿不到分。1分，哪怕是0.5分意味着什么，小升初，初升高就意味着三五万十来万，考大学那就意味着眼睁睁地看着北大清华与你擦肩而过……我怔怔地看着女儿对我说着这些，不得不不住地点头，点头之余又回过头来想想朱自清老先生的那篇散文《荷塘月色》了，感觉中这篇散文就像原料，被放进了一架机器，它就被这架机器设定好的程序被加工了。学生阅读时是不允许有自主思想的，阅读时不在规模中产生的愉悦便就成了异端，不给分，扣你的分就成了硬道理。感觉中，这教法也太蛮横了。我想这是朱自清老先生早已离世，不然也请他老人家做做这个阅读题，百分之百也是及不了格的。

由此我想得似乎更远了点，一部《红楼梦》，它是名著，它是经典这固然不需说，但说来说去它毕竟还是一部文学作品，一部小说吧？芸芸众生读它，大多还是为了休闲，为了娱乐，现在已搞得已如《圣经》，好像如果不沐浴斋戒三日，不跪着读，就显得不那么真诚的了。这恐怕首先就有违了曹雪芹的初衷。而对那一群群紧抱着些《红楼梦》吃了一辈子饭，非要将《红楼梦》里的每一块石头都考证出个所以然来的红学家们，曹雪芹就更是所料不及的了……其实正如鲁迅先生说过的那样，各色人等对于一部《红楼梦》读出不同的感受来，未必是坏事。我窃以为，对《红楼梦》有必要的争议也未必是坏事，一部伟大的著作，还怕有争议吗？我想大约不是曹雪芹怕，曹雪芹当年粥都喝不上了，他怕什么？而是那些一个劲儿要人这么读那么读的人怕了。

学术界如此，搞得教育界也如此，真是叫人不得不要发两句牢骚的了。

但我当时面对的是自己的女儿。女儿要我不要以作家自居，要理解老师的苦衷，老师也是要以学生的成绩来区分好坏的，因此要理解现在的语文。

那么我就从理解语文这一头来说。好学校就这么多，而学生却又太多太多，于是每道语文试题如果不出得刁钻古怪，就很难以一分或者 0.5 分将另一批学生淘汰出局。作为家长的我，嘴再硬，哪怕自以为学问再大，一碰到这上头，也都必须软下来。换一个角度思考，毕竟，绝大多数学生将来都不是去当作家的，现在在这极其严厉的语文教育之下，客观上已给了芸芸众生以一种普及而实惠的东西。他们以后走上社会，能看报能阅读，写点与工作相关的文字，大约肯定也是文通句顺的，以至于有的现在还不怎么样的学生，将来发达了，成了大老板，那时他的头脑里，在他思想的深处还镂刻着当年让他读得死去活来痛不欲生的、优秀的文学作品，这肯定在潜移默化之中，叫他受益终生。而在这些如今的学生中，将来出现的各行各业佼佼者，因为这样的语文教育，在他们的脚下也是奠定了一方坚实的基石。公正地说，这样的语文教学，一笔抹杀也是有欠公平的了。

但现今语文和文学已是远离，形同路人了……但一想到现在这些人将来又不当作家，也就心平气和的了。只是痛苦了学生，也痛苦了家长，也痛苦了家长腰包里的钱罢了……

# 紫薇花开

那是在乡下没书读,偶尔看过一首写紫薇的诗。

具体的诗句记不清楚了,但那意思说的是皇上还未起床,而臣子们已来上早朝了,于是他们就都踏着晨露在皇宫的庭院里徘徊,透过初显的晨色,他们看见宫里的紫薇花一嘟噜一嘟噜地绽放在枝头,与自己身穿的紫袍相映成辉,也把整座皇宫渲染得富贵华丽了。最后那个官在诗中发出一声感叹,觉得紫薇花与他息息相通,华贵则华贵,却都在辛勤地侍奉着皇上,朝露打湿了紫薇的花瓣,也打湿了他的紫袍。这首宋诗立意虽俗,却写得精致。

从此我虽不识紫薇,却从这诗里知道了紫薇的高贵。

后来我在植物园见到了紫薇,这才知道它其实是一种很普通的树,可能老早就见过的,只不过不识其名罢了。紫薇的树身淡灰褐色,光滑滑的,好像让人剥去了皮,猛一看去质地坚实,少了些树皮斑斑驳驳显露出的沧桑,它的树冠,确实开着紫色的花,花朵很

## 东篱下

小很细碎，不断地开成了一串儿。听人说它又叫痒痒树，我伸手在它的树杆上挠挠，它却一动不动并不睬我。我因为年轻时读过的那首诗，便老也仰头望它，在它的周围徘徊良久。

说也奇怪，自从把紫薇的名字与实物对上后，我就不断在城里道路的绿岛上见到了它。紫薇我在植物园中认识它时，它的枝干纵横着，很倔强的样子，在这绿岛里却被人整理得十分别致。每到初春的时候，它的枝就几乎全被剪去了，光溜溜的树干像根戳在地上的拐杖，随着春天的脚步，它就从这拐杖的顶端抽出几枝修长的枝条，而后绽放出绿得很厚很浓的叶子来。到了五月末，紫薇开花了，那花先是一朵两朵，而后就是前赴后继一串儿一串儿地开着，那枝头被花串坠着，没风也是一颤一颤的。"旧时王谢堂前燕，飞入寻常百姓家"，过去皇家庭院里的紫薇，现在却已来到了马路边，走到大众的面前来了。

后来我在爬紫金山时又看到了紫薇花。

紫薇花开在那山野的林莽之中，淡淡的几点，悠悠的一束，几乎都被那浓浓的绿覆盖尽了。可是渐渐地秋风起了，把那一山的树叶吹得黄了，落叶飘零时紫薇的花便慢慢地显了出来。紫薇的花依然开在枝的尽头，而尽头的后面，一长串黑紫色的果实现了，前头不断地开着花，后面不断地结着果，显得是那么的硕果累累……

直到这时我才有些回过味来。

那年我的爬山每星期一次，由冬到春，从夏至秋，这紫薇自五月底开花，从夏露重重到秋风飒起，一直开到这十一月的尽头，竟然整整开了五六个月。这五六个月，天下无数的花开花落，唯有它开得孜孜不倦兴致勃勃。菊在秋风中开放，梅在严寒时绽蕾，而紫薇却并没有选择这些殊异，它就是它，它不需要特殊的栽培，华丽富贵得过，路边的喧嚣吵闹得过，山林中的寂寞也得过，褒与贬对它其实都是无所谓的，因为它原本就是来自山野的。我想，雅士们都是喜欢从自然界寻求品性高洁，品质殊异的物件来作为性情与心灵的寄托，而对于芸芸众生来说，更需要的是朴实而无华，更需要的是一种与之长久相依相伴的东西。

一年能有几个月？一生又能有多少年？而紫薇开着它那紫色细碎的花朵，种到哪活到哪，常开不败，却伴随着人们在一年之中度过了半年，在一生中走过了半生……

自然界真是奇妙，竟然为人类安排了这样一种花，紫薇。

东篱下

# 琴　声

　　一年前的一天晚上,我在长江路散步,大约天太热,有家门是敞开着的。无意间伸头朝里一望,却让我站在那里挪不动脚步了。这是街边一处摇摇欲坠的矮房子,房里沿墙放着一架钢琴,除此以外家徒四壁,仅一床一桌而已。屋里没人,但我对那架在昏黄孤灯下依然发着黑黝黝光泽的钢琴,却是肃然起敬了的。

　　第二天散步时,我又不由自主地朝这边走,远远地听到一阵钢琴声,在这静悠悠的街道上就像涓涓溪水在四处流溢着。我又站在那扇敞开的门前了。见到我,那个大约只有七八岁的弹琴的女孩子停住了手,她的眼里噙着泪,神情有些木然。我低低地对她说,"弹呀。"话音刚落,就听里面传来了一个男人的呵斥,"怎么不弹啦?"小女孩的双手就一齐落到了琴键上,"咚"的一声。听那个男的声音一下了吼了起来,"就知道你坐不住,弹!"于是那钢琴便又响起来,狠狠地,分明既是冲着我,也是冲着那个男人的。感觉中那琴声，早已失去了原先的悠然。

　　莫明其妙地，我又想起了一个人，史某。那天我与史某在歌舞团边的文化巷相遇了，他的身材很高，架一副眼镜，什么时候见着都能给人一种鹤然而立的感觉。那天他身上背着一只提琴，身边跟着一个小女孩。我老远地打招呼，他看见我"哦哦"了两声，好像有些尴尬，我问："干什么去？"他说："送女儿练琴去。"匆匆忙忙一句也不愿多说，就与我擦肩而过。

　　我们曾是同事，都是1976年上来的知青。那时史某的小提琴拉得很好，除此而外，他还沾上了那个时代凡事好辩论的习气，他的口才很好，死的说成个活的，没理也能辩成有理，因此有人挺佩服，有人就不喜欢。当年我们厂领导对他的评价是"烦人"，要他"要拉就到歌舞团拉去"。他也朝这个方向努力过，可能是运气不好的缘故，没能走得成。于是厂里先是安排他去挖防空洞，后来就到街道搞治安联防，过了六七年后又回到单位烧浴室的锅炉。回来后他人变了，工作很勤恳，就是一句话也不多说了。有回有人瞧他在锅炉旁坐着，就说，"史某，拉首歌来听听。"史某神情木然，他没吱声。那天我洗澡出来单位里已没人了，却听见锅炉房里传出了似有若无的哭声，我一手推开了门，那哭声蓦然间大了，是史某在哭，声嘶力竭，狼嚎一般。我与史某的关系一般般，但那天我的心里却很不好受，我想，拉小提琴说不定就是史某的一个梦。这个梦并没有错……

　　于是，十几年后相遇，我分明是在史某擦肩而过的背影上，看到了"悲壮"二字。而那天我更长久回首注视着的，却是他那瘦弱的女儿。

　　史某的梦看来是要他的女儿来实现了，他的"悲壮"看来也注定是要他的女儿来一起承当。也许那孩子是个天才，史某的"梦"现在已是如愿以偿了。但那孩子为此付出的代价，却是度过了一个失去了欢乐的、沉重的童年。

长江路上那个弹钢琴女孩的父亲，我是只闻其声而从没见过面，这其实对我已不重要了。因为他与我与史某应该都是同一个时代走过来的人。我们那个时代走过来的人，或多或少身上都是要有些"悲壮"的。

但这"悲壮"，又何必非要传给我们的下一代呢？

紫金文库

# 迷　路

应该是再熟悉不过的地方了。

那天我从石鼓路向西走出来，马路上车流滚滚，抬头又一眼看到扑面而来的高楼，有点懵了，又朝路的两头望望，群楼错落，玻璃的幕墙五光十色，我问我自己，我这是到了哪儿了？

我想起要寻找一个标志。金陵饭店应该就在北边，可是四处望望，望不见了，一下子我心里就变得空落落的了。定定神觉得很奇怪，记起了《桃花源记》中的一句，"缘溪行，忘路之远近"。于是就想到我是沿着石鼓路走出来的，退回去总没错，总踏实了吧？于是就退了十好几步，又站在石鼓路上好好地张望着，似又回到了刚才，胆子便又壮了，就又走出去。出去后站在马路边，便又是一头的雾水了。觉得这条街应该是认得的，可眼前的一切又都似是而非，这究竟是到了哪儿了？

忽地我觉得很奇妙，我是不是一步跨出后，就完全掉进另外一

## 东篱下

个城市里了？

好在我听见了乡音，南京的！便觉得前所未有的亲切，我明白了，我竟然在一个我所熟悉的城市迷路了。想问人，可我忽然又意识到，这种奇妙的感觉很诱人，其实千载难逢。年纪轻轻，就算迷它一回路又如何？不是还在南京么？我勇敢地走过街去，一下子就看见金陵饭店那座冰清玉洁般的高楼，这就对了。那个方向是新街口，那么我跟前的这座高楼是？金鹰大厦！不就是金鹰大厦么？我都觉得好笑，不过是忽地从另一条街里走出来，不过是变了一个角度，不过是距离靠得近了，竟然只隔着一条街的金鹰大厦，我都认不出来了。

我家离得不远，就住长江路，但从石鼓路走上王府大街，多少年了，我确实不常过来。

于是我想，这种情况我遇上还好，要是个上年纪的人遇上，那就是另外一回事了。

我母亲年近八十。有回兴致勃勃一个人中午十二点半出门，晚上七点钟还没回家。妹妹打电话来告诉我，我的头一下子就大了。因为为迷路的事，我提醒过母亲，我还为此写过一张纸条，注明了母亲的姓名、地址和电话号码。可她老人家根本不屑一顾，她反问我，不是有身份证吗？还怎么说？只好由她。可是身份证才带没两天，就给丢了，为补领身份证，母亲怪过我说，"天下本无事，庸人自扰之"。于是我在电话里问妹妹的第一句话就是，"身份证带了么？"妹妹说，"都翻过了，在家。"我想，这下好了。我在电话里说，"你先找几张母亲的照片，再过两小时不回来，就只好报案了。"放下电话晚饭才端上手，妹妹的电话又来了，说母亲的一个老同事打电话过来说，母亲是下午四点半从她家走的，问回来了没有？于是我这才知道母亲一头冲到太平南路那边，到现在已快三个小时找不着家了。依我的体验，那迷路时一瞬间的新鲜感稍纵即逝，明明知道就在自己的城市，却偏偏找不到熟悉的标志，那空落落的感觉马上就会和找不到归路的恐惧交织在一起。更何况一个老人在孤独迷茫中，这又该是多么的可怕。妹妹要我出门找，她在母亲家留守。我明明知道人海茫茫，天又黑，还是骑着车在大街小巷里找起来，一边找一边打电话，好在第三个电话打回去，妹妹说母亲人已到家了。一口气这才算松得透透的。

回到家母亲的情绪好像并不低落，她说，"汽车坐反了。"妹妹问她，"坐反了你不能坐回头？"母亲说，"下了车，要你也认不得哪头对哪头啊！"说着她就有些兴奋起来，"我原来上班就在那地方几十年，都变了，变得连我都认不得了。"我想起了一个最重要的问题，"那你老人家是怎么回来的？"母亲说，"我又不呆，打的，打的回来的。"

原来竟是这样，我竟没想到还有出租车呢！于是我想到，在我们这座城市，迷路也并不那么可怕，就像我母亲，说不定还能为老人找个乐的。

只是，阿弥陀佛，千万可不能在路上晕倒了。

东篱下

# 阳光灿烂

因为我起初就没想到要写这样一个人,所以他姓什么叫什么,现在已想不起来了,只知道他是江阴阳光集团的老总而已。但听了他的一席话以后,这个人的形象却怎么也让我挥之不去。

在这家集团的大约十七楼,我们听着这位老总的介绍,知道这家集团是搞毛纺的,年产值有五十几个亿,利润也已达到好几个亿了,又听他说他们还在筹备开发其他几个领域,比如生物制药,房地产等等。对于他的介绍不能说我不感兴趣,但这次江苏省作家苏南行的一路上毕竟听得多了,过去类似的人也见得多了,于是我的注意力大多被转到此人说话的神态上来。多次的经验告诉我,能有这么一番事业,把企业从小到大,做大做强,说话时不经意间流露出些许的自得与骄矜大多是免不了的。于是我默默地坐在后排,耳朵似在听着,眼睛里全神贯注的却是他的神态,只等着他那洋洋自得神态出现的瞬间,便就准备报之以会心地一笑了。但这样的情形却是久等未现，倒是被他的演讲吸引住了。他讲生物，讲房地产，讲对于我国经济形势的分析与理解，他讲得是那么投入，丝丝入扣，深入浅出，这便又激起了我探究其身份的欲望。我想，到底是新一代企业家了，看光景至少也是个博士、硕士之类的人物，否则他说的这些东西是不可能与他，与这个阳光集团结合得如此紧密而流畅的。可是听着听着他却突然冒出了这样一句话来，他说他们开劈这些新的领域，在某种程度上就是凭着农民的大胆，农民的敢闯。我有些吃惊，他是个农民？可从他的神情举止，从他儒雅的风度上，我怎么一点也没看得出？他又说，决策时他们是经过专家反反复复论证的，市场也作过详细的调查，理论上都是可行的。现在下一步的企业的发展方向与规划，董事会已经通过，正在付诸实施，可他的感觉却还是如履薄冰，如临深渊。哪些地方，他还仅仅是试探着迈出了一小步，哪一领域的用人，他还存在着某种担心……说到这里，我想，他已是将自己与自己的苦衷和盘托出，有点太投入了。

其实，这不过是一个面对作家的，大多又并不太懂企业的，泛泛而言的介绍会，尽管有领导在场，却并不是他的直接领导，完全用不着这样子的，可他偏偏却是这个样子了。不避自己的短处与苦恼，实话实说，尽了自己的一份坦诚。我想，这么多作家坐在他的对面，四五十双尖利的眼睛都在他的脸上，在他的话语中搜寻着，任何一点点虚假都是溜不过去的……

于是我注意到大家的目光，渐渐地，渐渐地也都对他投去了一种坦诚一种信任。

对于农民企业家，这些年来我少说也见过不下二三十个了，形态种种，很值得回味的。上世纪八十年代，他们大多很有些忌讳别

## 东篱下

人提起他们是农民的，于是形容姿态，处处都竭力摆出他们不是农民的神头。九十年代，他们有些人做得很大，干脆也就不再掩饰什么农民不农民了，有些人则更是变本加厉地反过来，处处以农民出身而自居，而自豪。坐在台上讲话，往往又是目中无人，大言不惭地卖弄他们农民似的狡黠。这些人，要不后来改了，要不就一个跟头跌下去，爬不起来了，即便还残存着，如今也已大不如前，活得艰难了。

这里我没有任何对于农民的贬义，客观地说，插队八年，一身泥水地干过来，我本身就是半个农民。用过去的一句老话，人的出身由不得自己选择，但是路还是可以自己走的。因此，仅用出身来界定一个人，显见得在观念上就已经落套了。再回过头来说说眼前的这个老总，尽管在无意中他说出了他的农民出身，但其实他已根本就不是个农民了，在企业的搏击发展中，他已完成了在气质、学识与经验方面对自己的改造，凤凰涅槃了。

自称是个农民而又不是个农民，这就是这个企业的希望之所在。

通过改革开放以后二十多年的发展，我觉得改变最深刻的，也是最可贵的就是人。一个人，一家企业如果都融入进了一个宏大的经济格局中去，那么必然在质地上产生根本的变化，那么它的前途必将是阳光灿烂的。

阳光集团似乎正是这样。

# 浦口站

## （一）

浦口站与下关站，它们就像一对恋人隔江相望，这一望就望了五十四个年头。

浦口站建成于 1914 年，下关站建成于 1905 年，它们过去分属于两条铁路大干线，浦口站是津浦铁路南端的终点，下关站是宁沪铁路西边的起点。

它们中间隔着一条江，1968 年南京长江大桥建成通车后，津浦线也好，宁沪线也罢，都随之消失了，就都变成了京沪线，人们从北京乘火车直达上海，再也不要从浦口站下车，而后轮渡到南京的下关转车了。

从此浦口站终于与江对岸的恋人牵手了，却很快失去了它往日

东篱下

的繁忙与喧闹,闲下来了。一闲下来,铁轨很快就锈了,电线在开始朝下坠落,车站的外墙也显出了斑斑驳驳。早知如此,这牵手还不如隔江相望的好,一牵手反而把对方的不是处看得分明。但总而言之,都有些上了年纪,老了……

可当年津浦线刚刚开建,浦口火车站还没有影子时,就有人已预测到了它豆蔻年华时的风采。

这个人是刘鹗。

## (二)

大名鼎鼎的刘鹗,以一本晚清谴责小说《老残游记》而闻名。

此人不但小说写得好,经济头脑也发达。浦口不就是原来与南京隔江相望的一片江滩吗?南下的津浦铁路在这里不是迎头遇到了长江的阻拦,便就戛然而止了吗?于是铁路还没修到,车站还没建好,这个刘鹗就准确地预见到将来这里必将客流滚滚商贾云集,于是他就炒起了这里的地皮了。大手笔,他一次就曾买下了上千亩的土地,据说是要以此来与英国的怡和洋行合资兴办实业的。可惜生不逢时,在清末年间这想法太超前了,刘鹗被浦口地方百十名乡绅以"勾结洋人,出卖地权"为名告了官,结果可想而知,刘鹗因此被发配到新疆充军去了。

刘鹗去了,后面的人便又接踵而至,当年虽是匆匆的过客,但却不乏有天大讲究的人。

孙中山,民国刚刚建立,津浦铁路刚刚修通,连火车站还没来得及修好,为了最终结束封建帝制,为了巩固刚刚建立的民国,作为民国临时大总统他就从这里匆匆北上,去北京与袁世凯进行谈判。谈判的结果是由袁世凯来当民国大总统,他来搞建设,在中国修它十万公里的铁路。转眼到了1929年,十万公里的铁路成了中国人的一个理想,当年浦口站与这位伟人匆匆的一别啊,这时迎来的却是他的灵柩,此时江的对面,紫金山麓的中山陵已经建好,只等着为他的棺木举行奉安大典了。

大人物的事且不多说,平凡小民的故事就更多。朱自清的散文《背影》,至今还脍炙人口。父亲为了过站台给他买橘子,"他用两手攀着上面,两脚再向上缩;他肥胖的身子向左微倾,显出努力的样子,这时我看见他的背影,我的泪很快地流下来了。"应该说这样别离的故事,发生在这里的每一时,每一刻,是朱自清把它记录了下来,使它成为永恒……

这只是匆匆的一个回首,便已从中窥见折射到了浦口站通车后的繁华,舟车往来,店商林立,人流如织了……浦口站当年就像一个妙龄少女,亭亭玉立顾盼生辉,引来了各方的追求,民国年间,当年的南京干脆就把第八行政区设在了这里,以便管理与日俱增的商贸与人口,便于税收……

而从这里上车下船的人流往来于大江之上,他们看够了浦口与南京下关之间的隔江相望,他们也和这对恋人一样,期盼着它们的早日牵手……

## (三)

1968年南京长江大桥跨江而过,正如毛泽东所期望的"天堑变通途"了。

但出乎人们预料的,浦口站与下关站完成了相隔整整五十四年

## 东篱下

的牵手后，它们却被京沪线甩在了一边，成为多余，没有什么用处了。就浦口站而言，它当然不甘沉沦，它抗争过也挣扎过。起先它还担负起了一点向北的客运，改名叫作南京北站。后来这南京北站的客运实在没什么必要，它又搞起了货运，再后来连货运也不货运了，就只好空荡荡地闲着……于是它只能寂寞而又无可奈何地仰望着一天数百列火车从大桥上隆隆地往来飞驶，望着那无数的过客与财富与它擦肩而过。在曾经摩肩接踵人头攒动繁盛一时的浦口站站前广场，它也只能与几个享受着冬日斜阳的老人为伴，倾听他们述说着它与他们曾经的辉煌……

辉煌如过眼的烟云，浦口江边那座华美的英式车站，那红顶的电报房，那与之相匹配的庞大的发电厂，只能在风吹雨打中沉寂着，只能看着一年年的秋风吹来，梧桐树瑟缩着身躯任凭它的叶，一片又一片无可奈何地飘落……

失去了人气后，繁华的商业一落千丈了，南京的浦口区政府搬走了，搬到了西南数十里的珠江镇，浦口也不叫浦口区，而叫江浦区了。浦口区政府的官员临别浦口时，一点也没顾及浦口站的感受，竟说"长江已不是两岸的阻隔，它已快成为一条穿南京城而过的内河了"。的确也是这样，这长江之上自从有了大桥，上世纪九十年代又造了二桥，现在又在造三桥和四桥了。而一条计划中的隧道也将穿长江而过，直抵浦口。

浦口火车站就像京沪线上的一节盲肠，被遗弃在了南京长江的北岸。

人情冷暖，世态炎凉，连一座历经百余年的浦口站也尝到了。岂止是浦口站，现在京沪线上的所有老车站都一律尝到了，而且它们的命运一律都比浦口站还要来得不堪。

这些老车站还在时，人们总是对它熟视无睹，觉得它们的存在理所当然。它们的昨天其实都从某个侧面，记载下了一段中国的近代史。津浦路筹建于1899年，英德两国各有各的势力范围，便以山东的临城为界，往南的铁路由英国人修，向北由德国人建。于是沿路的车站建筑，一南一北，就各自染上了英德两国各自的风格。所以，也许是内心深处对于这种殖民色彩色的潜在排斥，也许是时代急速发展的不得已而为之，它们几乎都面临着被拆的命运。济南那座历经百年的，完全德国风格的火车站，保存完好，前几年就这么被拆了，就这么活生生地消失在了人们的眼前，渐渐也就要彻底地消失在了人们的记忆中……

千万不要说历史它是抹不去的，离开了实物，离开了矗立在大地上的那一道风景，仅凭着纸上的一点点记载，仅凭人们头脑中的那一点点残留的记忆，如果要抹掉，说抹掉就抹了……

浦口站的没有被抹掉，还亏了它车站功能的完全丧失，成了京沪线上的一节盲肠，如果它还像济南车站那样客流滚滚，那就说不定了。可能还有另外一个原因，那就是浦口站属于铁路系统，地方上对它无可奈何……

总之大多的老车站都被拆掉了，剩下的也被改造得面目全非了，蓦然地见着这座浦口站，人们就渐渐看到了它的价值……而唤起人们记忆，并重新对它认识的，却是看似与这车站一毛钱关系都没有的影视剧组。剧组要拍民国年间的老火车站，找遍了全国，腿都跑细了，没想到却在眼皮子底下找到，如获至宝了……

于是拍过的走了，新的又来，浦口站商业的，历史的价值显现了出来。于是各色各样的远景与规划，花团锦簇一般，纷至沓来……

## （四）

据说，浦口站将要在这一大的规划格局中，以旅游与第三产业为核心，由政府投以巨资，掸去它身上的历史灰尘，修旧如旧，使它重新突显出当年异域的且又是民国的风采来。

我想，用不着多久我会再来的。那时火车博物馆，应该已经落成了。车站外的广场上也该是游人如织了吧？而人来人往的候车大厅里，恐怕还会有一所茶社，那时我不妨在里面坐下，泡上一杯茶慢慢地喝着，即便窗外的站台空空如也，望着发发思古之幽情，也当是件非常惬意的事。而后出来，沿着那十足英国风情的避雨长廊一直踱到江边码头。时已向晚了，江风浩荡潮水声声，长河落日之中，映照得一江都是浮光跃金……

映照在这滚滚大江里的，还有浦口火车站的今与昔……

浦口站起建于 1899 年，完成于 1914 年，整整横跨了封建社会的末尾与一个艰难坎坷新时代的开头。

浦口站对于一个新生的现代的中国，是一个能看到旭日从江头涌起，并且正在云蒸霞蔚着的地方。

我，我们都在期待着一个历史的，却又是凤凰涅槃，浴火重生后了的浦口站出现在这南京之北，大江浩荡流过的地方……

注：此作发表于 2003 年的青春杂志。今次翻出来看看才知道，即使发表过了的东西，不怎么样还是不怎么样，几度都想放弃掉它。想想，还是将它重写了，却不知这重写出了的东西，是怎么样了，还是不怎么样了？

## 永远的老师

三十二三年前的南京市文学创作讲习所，主办人之一是刘舒。

刘舒当年大约五十多岁，是市作协的秘书长，同时又是一个办事非常认真执着的老太太。文讲所初办第一年，她因摔伤躺在家里，听说对于讲习所的大小事务课程安排，人不露面，她也是无不躺在床上尽力操持的。一年后上班，学员们对她生疏得很，她却对我们已经很熟悉了，见面就问你是谁谁？而后就"哦"了一声说，是你，你的作品我读过，再而后就是对我们习作的品评。她要求同学之间师生之间对作品提意见，一定要毫不客气说实话。就是在文讲所这样一种氛围下，学员们的作品不断在各种报刊上发表，刘舒见了无不兴高采烈。有意思的是，这时如果有人对自己学生作品说出了"不中听"的话，她老人家就又全是一副护"犊子"的劲头了，她就会拿这作品与一些大刊物上的作品比，结论也总是，我看只比人家好，不比人家的差。有回我写了篇小说，她看了很满意，又要我把初稿二稿拿去给她看。有天晚课后，她对我说，"老万"要见见我。老万是她丈夫，当时文联的副主席，又是一位很好的书法家。我去了，我还拘束着，老万却兴致勃勃地和我谈起来，他指着稿子上涂改的地方说，这里他都反复看过，他就是在这里看出了特别的趣味。从此我们就有了不多的交往。老万是个我父亲那一辈的人，见面没人的时候却总喜欢称我小老弟，每次都搞得我有些手足无措。他们办事的那么一种执着，他们待人的那么一种敞开心扉的热心与真诚，一直使我受益良多……

老万和刘舒的经历，一看其人就能估计得差不多。解放前家庭一般都不是太贫困的，所以能上得了大学。大学时向往光明，加入了共产党。解放后经历了无数次的运动，决心书写了无数次，检查也写得一样多。历经磨难过了"文革"，在当年改革开放思想解放的大背景下，他们又有了重新工作的机会，所以他们办起文讲所时的那种劲头，恨不得把我们每个学员，都培养成作家的心都是有的。

刘舒、万放老师如此，南京市文学创作讲习所当年其他的老师身上，当然也都凝聚着和他们一样的精神头。

数十年过去了，往事如烟。那时我们都做着一个文学的梦，其实这梦就是对未来的一种向往与追求。南京市文学创作讲习所，当年正是它，和我们一起做着这个无比美好的文学梦……

刘舒万放老师这辈子做过的一件最得意的事，我想就是参与办过南京市文学创作讲习所了。

刘舒老师和已经作古的万放老师应该最值得安慰的，就是现在还有人在心里保留着他们的位置，一直都把他们视为永远的老师……

## 为林丹夺冠想到的……

林丹与李宗伟在本届奥运会上的羽毛球夺冠之战，可谓惊心动魄，揪住了亿万观众的心。但林丹夺冠后接受记者采访时却说，（大意）为这场决赛他拼尽了全力，也为保留羽毛球"这个项目"做出了他应该做的事。

羽毛球"这个项目"究竟怎么了？不错，我们国家想要保留的"这个项目"多了，反正你什么"项目"上去了，有人就要改什么。乒乓球人家要改，从比赛规则改到球拍，再改到乒乓球的大小与颜色，不改，就要把"这个项目"取消了。这是一把悬在头顶上的剑，难怪连林丹也为之害怕了，说了以上外表豪气冲天，内里却是有点犯怯的话。林丹与羽毛球这项运动，已令亿万观众为之倾倒了。那么林丹，你还有什么好怕的？是怕把你的羽毛球拍改小了？还是怕把你的羽毛球改大了？如果有人真想把"这个项目"改得没有了，我想，那么这个众怒，也就犯到全世界上去了。

## 东篱下

体育,说到底就是人类在温饱或是富裕之余玩的游戏,更是一种精神层面的追求。于是我们不妨这么想,就算是把我国的强势项目,比如乒乓球、羽毛球、跳水,还有游泳什么的都取消光了,但人类总还是要玩点什么。比如赛艇,那是西方很贵族化的传统体育项目,每到国外的港湾,从澳洲至美洲,从美洲再到欧洲,凡有港湾处无不风樯四起桅杆林立,本届奥运会上我国的女选手徐莉佳去了,玩了,比了,赢了,而且是以四十多米的距离大赢,赢得体面,赢得特别的无可争议。为此,是不是人家又要不玩赛艇了呢?

其实,乒乓球就是英国绅士们最先玩起来的,不过是后来又被更合适这项运动的东方人,特别是中国人玩了起来。西方的那些人对"这个项目",是有苦说不出的。

因此退一步想就很简单,那就是你们玩什么,我们就玩什么好了。于是就再问一句,如果连赛艇都不玩了,那么你们还要再玩什么?

这一说我倒想起来了,玩足球啊。这可是西方人的绝对强势项目,中国人在这一项目中屡败屡战,从来都没有太多的扬眉吐气,这只能怪中国人自己不争气好了。那你们就可以不需要再改什么规则,玩死中国人好了,就当看笑话,由着中国球迷在球场的看台上高呼"雄起!雄起!",就是"雄起"不起来好了。

如此一来,中国人至少还是有一点比较强,输得起!

还是不说气话了。公平地说西方的文明创造出了现代的体育运动,人们用它比赛,相聚一堂,已经其乐也融融了,这本身就是对人类作出的贡献。但如果总想着改变规则或是取消"项目",肯定就显得不那么大气了。

注:这篇散文当时写了个草稿,就到外地办事去了。半个多月

后回来，羽毛球赛早已结束了，并且回来后一脑门尽是剧本里的官司，它也被放了下来，很快忘掉了。

这次重新拾起来，看看觉得也还是有点意思的……

东篱下

# 夏天种树

地铁站修好了，入口处的一大块地皮，就好像是从远古洪荒那边扔过来的，乱石废土遍地，野草长得有树高。看样子，这里少不得要修个广场了。果然赶在通车前，载重卡车开过来了，推土机也开过来了，载重卡车卸来了土，推土机又没日没夜地轰隆着再将它们推平。土干了后，好像又在上面垫了一层沙，而后就铺上一块块的草皮，而后就再来了好几十个工人站成一大排，用板子把这草皮拍打一番，一气呵成地拍了两天，绿茵茵的一大片草坪，就这么给种出来，拍出来了。

不久地铁通车了，草坪不过权宜之计，这个广场又开始重修了。

重修的广场，是以灰色厚实的花岗岩石块铺成的。石块铺好了，在这广场留出种树的地方，便被刨好了巨大的坑，听说不但要种树，而且是大树。问题是那时夏之将至，又种的是大树……夏天人要出汗，现在却要先为这些树们捏出一把汗来。好多人在想，其实何必呢，不是还有明年吗？但要种树的人们似乎不这么想，大树被运来了，威武雄壮的吊机开来了，依然是轰隆隆地鸣响着将大树们凌空吊起，又毅然决然地将它们放进了坑里。树就这么种下去了。

现在看看这广场上横着种的是香樟，竖着栽的是银杏，横横竖竖就将这广场分成了若干块。虽然是刚刚栽下去的，大树的树冠还光秃秃着，但已经可以想象着将来的秋天，香樟是深沉浓厚的绿，银杏是鲜明灿烂的黄，黄绿相间，有横有竖，便如一首美不胜收格律工整的诗了。

面对既成的事实，我是这么想，如果这厚石板铺成的广场上夏天不种树，那么就会给人以大漠戈壁的感觉，中午上面是能煎鸡蛋的。如果这广场上尽种的是小树，巨大和渺小相聚，那么就会给人一种搞笑的感觉。再说，这广场上的树如果不种得大些，再大些，特别是银杏，它要长到哪年、哪月、哪天才能把这广场上的一方天，给撑起来啊？老百姓等不及，方方面面也都等不及。

但一个铁的道理摆在那里，夏天种大树，大树一死，一切岂不归零了么？

其实多虑了，因为时代已然彻底地不同了……不就是怕夏天种树会被太阳晒死吗？现在有的是办法，低矮些的植物，只要在上面遮上一层黑色的纱帘，再勤浇些水就可以了。高一些的如香樟广玉兰之类，遮起纱帘不算，再加个水泵把水化成了雾喷出来，成日云遮雾罩的，香樟广玉兰们也就乐不思蜀，想死也死不了了……但银杏树，却叫种树的人遇到了麻烦。

这些银杏树有十好几棵，因为树冠的巨大，种下后怕倒下来，又为它们每一颗都支撑起了铁架子，而后就是开来了洒水车，在每一颗的根部都灌了好长时间的水。如人所愿，不久无数个绿蒙蒙的

## 东篱下

小芽，就把银杏树那粗壮的树干包裹了起来。可是叫人不愿看到的事接踵而来，天晴了，遇着太阳一晒，小芽芽们就立即萎了下去。种树的人不敢怠慢，每天早上都开来了洒水车为它们浇水，这回不是浇根，而是倒过来从上往下，一个劲儿地向树顶上喷水。浇了两天见不行，就准备为这银杏树罩起纱帘，喷水作雾了。可是试了试才发现，这些银杏树就像是太高太大了的新娘，虽美丽，纱巾却总也是围不到她们的头顶上。于是真急了，来了好多人围在树下，都在仰头看着它的树梢，而后又低下头，对着它的树根指指点点的……

第二天，这些银杏树就都挂水了。

这年头生病，人挂水，原来树也是可以挂水的。树挂水就是把一包药水捆在树身上，而后将一只针头戳进树干里。水挂了几天，银杏树上那些萎下去的芽，就慢慢地又挺拔了起来，它们居然都被救活了。

不得不对这药水刮目相看了，于是我走近了去看那只装着这神奇药水的彩色塑料袋，看清了这药水的名字后，还看见了名字的下方不大不小又印着的几个字，"挂贵，不挂更贵"。这明显是句广告词，颇有几分调侃的意味，一字没提钱，却处处是经济。"挂贵"说的是这药水价钱不菲，"不挂更贵"就是指这树的身价了。遂向为树喷水的工人一打听，才知道这一颗大银杏树的价钱，少说也值个两三万的了。一针下去就能叫价值不菲的树们起死回生，夏天种树的底气，原来在这里。我不得不感想万千了……

我们这座城市这样的广场，其实是星罗棋布着的。漫步其间，有时我们不妨知道点脚下踩着的价值……一步步踏上去，踏出十足的自信，踏出倍感的珍惜就好，而不是踏出一无所谓的奢侈之心，就好了……

## 游泳紫霞湖

来紫金山下紫霞湖的游客不多,常客多,常客都是些在紫霞湖里游泳的人。

在这里游泳淹死人是经常发生的事,为此中山陵园方采取了种种措施屡不见效,也只好在湖岸边竖起了好多块"禁止游泳"的牌子,要常客们"后果自负"了。自负就自负,这里的泳者那边刚淹死了人,这边脱脱衣服,是照样朝水里跳的。为什么?这大约是因为紫霞湖的水清得自然而真实,清澈之中带着那么一点点的绿,是绝没有游泳池里那股药水味的。另外在夏天,人下水了,立即就有小鱼儿来与你嬉戏,啄你的肚脐,啄你的脚。一旦你游开去,头上碧空万里,或有几片白云飘来,人在水中望着,你动它也动,不动的是青山,青山屹立,一派郁郁葱葱……又或是云彩带来了雨,雨中的紫霞湖周边烟岚四起,湖中落下一层雨就掀起了一层雾,四野里迷蒙着,仙境一般的了!

## 东篱下

家就住附近,在这里游了四个夏天的泳,我太了解这一切的了。

冬天的早晨,紫霞湖大坝的草坪上还披着白花花的一层寒霜,来冬泳的人就脱光了多余的衣裳,一二三,朝下跳了,清澈见底的水中,五六个人一组,海豚般地向对岸游去。其余游泳的人主要徜徉在紫霞湖的夏季,他们的类型很多,有从城里千里迢迢坐汽车到了樱驼村,而后从紫金山的北边翻过来,再到紫霞湖里游泳的。也有在紫霞湖西边的亭子里拉拉琴,或是吹上一曲萨克斯,或是听了萨克斯,一时兴起便就引吭高歌的。唱过了吹过了,而后就跳进湖里尽尽余兴,来它一番畅游的……哦,那个紫霞湖西边的亭子里,精彩的东西就更多了。除了游泳而外,有从这里出发,绕着湖一跑几十圈,一心要练练铁人三项的;也有把自己的诗歌写出来练过了书法,而后朝亭子的墙上一贴,供众泳友欣赏欣赏他书法的。

另外还有一种分类法。我是属于游过了泳就走的,还有些人就是游过了泳却舍不得归家的。因为他们男男女女,个个好像没有家,或者说是把夏天的紫霞湖当作他们的家了。他们一大早有的天不亮就来了,把包包朝紫霞湖边上的树丛里一挂,再在两树之间拴起一吊床,人就先睡上去摇晃一阵,这才下水游一回,而后上岸早餐,之后谈谈闲聊聊天,听听收音机,悠闲得够了便就再下湖游一回。如此循环往复,也有循环到吃过了晚饭,这才依依不舍离开的……这样的生活自在自得,身心无为无不为,羽化而升仙了一般……

然而,在紫霞湖里淹死人,却是不断发生的事,一个泛泛而言的说法就是,紫霞湖的水情复杂,水深并且暗流涌动。这里的水的确深,但湖面平如明镜,不遇山洪暴发,平时涓涓细流,哪来的风浪与暗流漩涡?须知,在这里游泳,不会水是根本不敢下去的,淹死的都是常客老手。大前年有个老人，夏天的一大早四点钟就下去了，没上来。去年轮空，今年就频繁了，还没到夏天呢，就连死了两个。一个四十多岁，身体好，且还是个冬泳级别的。冬泳过后恐怕他就急着提前过夏天了，带了至少是早饭中饭去的。他那天游过了吃，吃过了游，中午高兴了，还喝了一些酒，而后下去了，下去了就再没有自己爬上来……另一个殒命者，刚退休不久。据说他是先出去旅游的，不习惯旅游的劳顿与拘束，就想念着自由自在的紫霞湖了，急着提前回来下了紫霞湖。大约是知道年纪大些了，腰上还拴了个跟屁虫下水的。（跟屁虫：游泳圈是个圈，它却像个蛋，救生用的。）下水游不远，突然就不能动了，好在身边的泳友们立即就把他拉上岸来抢救，抢救也不行了。是心肌梗死。据说前一个是，前前一个也是。

我相信，这就比较确实了。人在水里，如果心不动了，就好比飞机在天上发动机突然熄了火……

因此，在紫霞湖里游泳，忘乎所以是不行的。

忘乎所以了，是会乐极而生悲的。

东篱下

## 潇洒游一回

夏天在紫霞湖游泳游到了湖中间,忽地看见离岸近的人纷纷上岸拔腿狂奔,抬头看看,这才发现天上乌云已被风吹得有如惊涛裂岸,天似乎陡然之间黑了,雨,紧接着就瓢泼般地倒下来了,回不去了,就只好在水里泡着……

雨点砸在水面上激起了无数个小泡泡,"噼噼啪啪"响成一片,整个湖面也就像烧开了锅一样。少顷,风小雨住,天又慢慢亮了,缕缕水汽升了起来,很快就在湖面上弥漫起了一层……偶有轻风吹过,湖水皱了下,水汽受到了惊动,便相聚着一会儿东,一会儿西地在湖面上荡漾着,又是一阵清风,水汽被彻底地吹散了,湖面一片清廓。

还滞留在湖中的有七八个人,他们看见天开了,雾气也散了,狂风暴雨后的相见,就有了久别重逢的感觉,便就一边游着,一边相互举手招呼着,有人一高兴,竟在水中唱起了"妹妹你坐船头,哥哥我岸上走……"正唱着，天上一个雷，歌声霎时没有了。这时，刚才还亮亮的天上，雷声四起，暴雨如注，还在水里的人有的在没头没脑地向岸边游着，有的一边游一边望着天，看见天上电光一闪，头就立即朝水里一钻，明显是怕被雷劈着。快上岸的人正在弯着腰跌跌绊绊朝上爬，却被水里的和岸上亭子里躲雨的人拼命地喊住了，"不能上！身上潮，小心引雷啊！"于是就都不敢上岸了，猫在岸边的水草旁，还尽量把头缩在水里，只露出了一双眼惊恐地望着天。又一声雷鸣过后，岸边的水中突然钻出个人来，大咧咧地朝着岸上走去，边走边高声地说，"这辈子又没做坏事，还怕雷劈啊！"这还真是个坦荡磊落不怕死的人，人们正要称赞，却听见风雨交加的湖中，又传来了一个苍老的声音，"让暴风雨，来得更猛烈些吧！"岸上的人听了，便不由得一律朝湖里望去。

那人穿一件橘红色的救生衣，正在湖里的波浪中一沉一浮，时隐时现地出没着……他一边游，一边朗诵着高尔基的《海燕》……岸上的人都给镇住了。

暴风雨终于止歇了，那人上岸了，是个老者。他是躬着背慢慢爬上岸的，一脚踩在石码头上，没站稳，人一晃，还差点又要跌进水里去……

人们扶住了他，调侃道，"还想游啊？这湖里，就你最潇洒了！"

那老者说，"雨太大，上不来了。"接着他又笑了，"这辈子，就只好潇洒走一回了……"

东篱下

# 一种记忆
## 《北洋水师》再版后记

北洋水师产生于晚清，清朝在我少年时代的记忆中，好像非常遥远，但那时就有了大军舰，好奇得不得了。

叫我真实感受到清朝离着我们并不遥远的，是个叫作马小辫的人。上个世纪六十年代中期，十几岁的我经常到鼓楼那一带玩，那里有个老头教人摔跤，徒子徒孙一大堆，七八十岁了身手依然矫捷，这人就是马小辫。此人最大的特征是脑后留着根猪尾巴一样的小辫子。我们有次好奇问他，男人还留辫子啊？他笑了说，这是前清的东西，那时男人都留的。我们又问，那你为什么现在还留着？他只说了三个字，习惯了。感觉的真实莫过于形象，都进入伟大的社会主义时代了，而清朝的一个遗老，就实实在在地站在我的面前，清朝离着我们其实并不很远。由马小辫这个人，又想到了北洋水师所处的那个晚清时代，仔细想想，其实相距那时不过七八十年的工夫罢了。

七八十年，还是远了点。1937年应该离着那时的我，更近的了。

　　1937年12月13日，日本人攻占南京后我奶奶带着我叔叔躲在金陵大学的难民区里，一个多月后稍事消停了，有天我奶奶偷偷跑回来在自己家的井栏边淘米，有人敲门，我奶奶并没有在意，说了声，"大门插着你是怎么进来的？"话音才了院门就被推开了，进来了七八个持枪提刀的日本人。我奶奶见了拔腿就跑。好在那时南京的房子家家都有后门，而且家家相通，巷道连着巷道，穿进去就像进了迷宫，经常莫名其妙地能从很远的另外一条街里跑出来……那天我奶奶就这么跑了，跑了以后不一会儿就又担心日本人会不会烧了我家的房子，接着的担心就更现实，逃跑时丢在井边的一篮子米，那可是难民区里好多人凑出来的，等于就是这些人的命！即便日本人不把它糟蹋了，也怕被麻雀儿吃了。于是就有个叫冯老八的老邻居，自告奋勇地要去看一看，有可能就把那篮子米再拎回来。仗着对后门巷道的熟悉，冯老八来到了我家第四进的后院里向第三进偷窥，看见那些日本人正在房里屋外进进出出，看着门头上的砖雕和画栋雕梁，并没有烧房子。可是冯老八的偷窥，日本人本能地觉察到了，用日语问了声，冯老八慌了，慌不择路拔腿而逃跑进了一条长长的巷道，被日本人追过来一枪，便就永远地躺在了那里。

　　那次，房子在那里，米也还在那里，冯老八的一条命却永远地丢在了那里。

　　我奶奶无意中给我讲这故事时，离着1937年也就二十个年头，的确是并不久远的。但日本军国主义侵略的历史追根溯源，却是从1894年中日甲午战争中开始的。那次战争北洋水师全军覆灭，中国战败，签订了丧权辱国的《马关条约》，从此台湾、澎湖包括钓鱼岛被日本割占了去。从此，中日关系的历史，也就翻开了血淋淋的

## 东篱下

一页……

时间真是个奇妙的东西，远了近了，感觉而已，记忆而已，它的内容却又因人的、民族的感受不同，呈现出了不同的记忆……我曾写过的一本反映这场中日甲午战争的小说，它应该就是中国人的一种记忆。

这部小说最初以《沧海·苍天——北洋水师覆灭记》之名，发表于1995年《十月》杂志第一期的头条，10万字。1996年4月由作家出版社以同名出版，全书30多万字。书名是我起的，如果没有副标题就觉得大了，空了。

2002年6月由台湾《实学社》出版公司以《一八九五——李鸿章》为书名出版了该书的繁体字版。处在台湾的位置，他们特别关注李鸿章这个签订了丧权辱国的《马关条约》的人，应该是可以理解的。

2007年此书由中共中央党校出版社以《一八九五，大清帝国大变局》之名再版。大约他们觉得这部小说写了整整一场中日甲午战争，其中虽以战争为主，但也涉及了战争前后的政治、外交与经济，尤其是涉及了那个一直叫我们耿耿于怀的日本。从这个书名，也能看出当年联络出版此书的朱晋平先生用心良苦。此人我们没见过面，但彼此一直都心仪着……

今年又逢甲午，一百二十年过去了。现在这部小说以《北洋水师》为名，由上海文艺出版社再版。

我曾于今年3月为此书的再版，发一短信与该社的郑理主任联系。短信发出的两个多月后，郑理先生忽地来电话，说要出版该书，并且明天就可以签订合同。这对我来说，既是意外，又是惊喜。须知，出版社现在都企业化运营了，出版一本书是要经过反复论证，是要征求发行部门意见，还要得到社领导首肯的。一切郑理先生都在这两个月内默默地进行着。接下来的事，签订合同后我的电子书稿才发过去，那边就发排了，我这边的再版后记还没写定，那边上海的校样就已飘然而至。这样的风格对胃口，事前谨慎不事夸张，一旦决定便就"静若处子，动若脱兔"了。

以上关于版本的叙述，如果是陈酒，而这次出版的经历就应该是新酿了。其实它们也都是记忆的一种……细细想来，《北洋水师》这个书名最好，直白醒目，一语中的……

北洋水师这支曾经亚洲第一、威风赫赫的舰队，在中日甲午战争中却毁于一旦，为什么？这太叫以后的中国人回味良久的了……

假如现在中国的舰队再在海上与日本舰队相遇，虽然第一点想到的，还是和为贵的好，第二点想到的就是，现在的中国，早已不是中日甲午战争时的那个中国了……

东篱下

# "行者"印象

"行者"之前现代快报有没有文学副刊,真的没有印象了。

"行者"这个文学副刊自问世以来,好像有点我行我素的味道。

从一个旁观者的角度看,"行者"的稿子好像是以约稿居多的,约谁的,用什么稿子,这里自有"行者"的倾向。"行者"照顾到读者一般性的阅读需求时,还在乎它的文学性。"普及与提高","行者"似乎已看出了读者对于"提高"的迫切需求,也看清了它的读者群的特点,就为着"他们"了!

"行者"显然以为,越是办出了自身的个性,越是显现出了"行者"的精神品格,就越能吸引人,这个"他们"就会不断地壮大。

一个副刊不可能满足所有人的胃口,处处想讨好,结果可能谁的好也讨不到。

"行者"文学副刊一个星期四版,好像"行者"并不以为这仅仅是为文学多提供了一块发表的阵地,那样它就不必叫"行者",

充其量不过是其他报纸副刊的一个复制罢了……我以为的确，如果所有报纸的文学副刊都在大体久已形成的一种编辑思路、一种审美趣味下进行选编，结果面孔大同小异，那是很乏味的。

"行者"的出版。报纸们大多毛毛雨天天下，它是在星期一集中下一场。留心、读惯了它的人，对于久违了的这一个星期，其实已渐渐累积起了一种期盼，星期一"行者"一到，老朋友们便又重逢了……

我对于"行者"的心态大约是这样。听久了台前花旦的唱腔，再看看"行者"这个须生的表演，也无妨。因为那里面透出的新鲜气，确实是诱人的了……

东篱下

## 激情永远
### 徐汝清散文集《荷乡之梦》跋

至今我未见过徐汝清先生,但却已觉得比较的熟悉了,那是在他的散文里。也通过几次电话,他的声音洪亮热情而又执着,亦觉声如其人。

徐先生的这部散文集《荷乡之梦》,除了和他的声音一样洪亮热情而又执着以外,还记叙了一个长期生活在基层的作家,那与故乡大地割舍不断、血脉相连的情怀。这是最根本的,但似乎还不止这些,那么,那些又是什么?那些就是他以故乡为题材的散文中所透出的那么一种水淋淋,绿油油,清风初起,荷香四溢的韵致了。

这些都不需细说,黄毓璜先生在此作的序中都有了十分中肯细致的评说。黄先生周到热情,待人诚恳,也使我受益良多。我在读过徐先生的若干散文后,同为一个写作者,最大的感受还在于徐先生对生活的态度,还在于他看这世界的眼光与视角。

一般人们对于故乡，天天生活其间，热爱归热爱，却往往又是天天见着，一切归于当然，当然归于平淡，一平淡就很容易熟视无睹了。徐先生不是这样，如在《故乡的水》中，对由芦苇和香蒲组成的水巷曲折幽深的描绘；在《水鸟·柴雀》中对于芦苇荡铺天盖地声势浩大的描写；在《荷叶的品格中》中，对雨中荷叶形态细致入微鲜活灵动的描摹，读后无不觉得置身其中，趣味纵横⋯⋯这里不单单是写景，更重要的是情，有了情的倾注才会有其他的。在另外一类题材的散文中，徐先生也同样倾注了他对生活的全部热忱与关注，由此我们对于他生长生活的那片苏北水乡的风俗民情，数十年的沧桑巨变，无不仿佛身临其境，历历在目⋯⋯

徐先生今年已有七十五六了，以这样的年龄还能用如此的眼光去看世界，去真诚地描写记叙世间的也是身边的这一切，其实是难得的。上了年纪的人，其实早就能把世务都看得透了。而对于一个作家，把一切都看得太透了，在我看来其实又是个犯忌的事，看得太透也就容易丧失激情，丧失激情又何谈写作？作为作家，比较好的，也是一个想当然的写作境界，那就是在看透与看不透两者之间游走。而徐先生的写作（特别指他写景、写风土民情的那类散文）却是童心未泯，以一种十分新鲜的，充满着好奇的眼光与视角去看世界，真诚永远，激情永远，这当然是一个美好的、难得的境界了⋯⋯

说徐先生是老人，其实我也进入了老人的行列。这些年来看着满世界的汽车飞奔，便也想着追上这奔跑着的世界，于是用了半年的时间学车，现在也能驾车驰骋了⋯⋯在这半年多时间我一字未写，读了徐汝清先生的作品，心中不免有"田园将芜胡不归"的感觉，我想我还是要写点什么了⋯⋯

这就是我读了徐汝清先生作品后的一点启迪与感受⋯⋯

东篱下

# 留　影

父亲是在今年冬天去世的，都没过得了春节，真是件叫人难过的事。

办过后事，把对父亲的记忆便悄悄地放在心里，只等着一年一度柳树吐青时的清明了。

今年刚刚过夏，我在家中突然接到一个电话，说是找父亲的，我愣住了。父亲的离世，该知道的也都知道了，即便有父亲偶或失联的友人来电，可能也不大，父亲去世时已然九十，而电话中那人的声音却是那么年轻。我说明了情况后，电话中那个年轻的声音对父亲的去世很为意外，我问明来意后才清楚，他是南京史志办档案馆的，他在南京一家行业杂志上看到了父亲的一篇回忆文章，说要转载。

我在记忆的深处极力地思索着，想起来了。父亲一生中的确写过这么唯一的一篇回忆文章。

父亲的文章说的是南京刚刚解放，还没有建国的时候，他在华东人民革命大学有次聚餐。聚餐的人很多，菜不多，端上桌的仅仅是一大盆萝卜红烧肉，大米饭可以放开吃。同学们见了多少都有点失望，等了多少天的聚餐竟是这样的简陋。首长们餐前致辞，说了些什么记不得了，而后就是很多人闷着头吃，一吃才知道这红烧肉烧得并不怎么烂，而且不少皮上面还带着不短的毛。当年的学员都是刚刚进入新社会，不少富家子弟和女学生，平时的生活不错，于是很多人对于这红烧肉都咽不下去，就将肉皮带毛的不带毛的吐到了桌子上。一个吐，个个吐，一餐饭下来几十桌，每桌上都被吐了一层肉皮。面对这情景，食堂里的干部就去报告了首长。当时主持这次聚餐的首长是宋任穷，他没有要学员们留下来接受训斥，而是集合了全体干部，每人发一双筷子捏在手里，由他带队来到餐厅。也不作声，就一张桌子一张桌子走过去，用筷子攥起丢在桌子上的肉皮，嘴一张就放进嘴里吃了下去。

没走的同学都站在那里看呆了。什么叫做以身作则，什么叫艰苦奋斗，什么叫做共产党，什么叫做新中国，为什么共产党能夺取全中国，总之所有的大道理都在这一刻说了，却没有一个字的语言，只有行动。

这一幕，对于见识过国民党高官用餐时的排场，刚刚经历了国民政府腐败横行经济崩溃，因此而兵败如山倒的父亲和他的同学们，是足以在心灵中引起震撼的。我父亲在文章里说，当时我们都对共产党肃然起敬，从心里佩服得透了！一个朝气蓬勃如日方升的共产党，一个历经艰难，正信心满满就要执政天下的共产党，跃然眼前！

真的感谢南京史志办档案馆的同志通过这篇文章，还关注着一

## 东篱下

个老人，老人已逝去了还要刊载他的这篇文章，同时他们还想要一张父亲当年在"华大"校门口拍的照片。为此我找了很久也没能找到，是为一个遗憾。但父亲毕竟留下了这么一个亲身经历的故事，它也像一张照片，留影了当年一段鲜淋淋的生活；它又像一面镜子，观照了过去，也鉴照了今天……

## 曾经"丢失"的历史

老人的名字叫彭彭,猛一听仿佛是两声枪响,动静鲜明,很有个性。其实"彭彭"两字取自《诗经·大雅》"四牡彭彭,八鸾锵锵"。意指战车进发时威壮的场景。彭彭老人的确是从战争中走过来的,但如果抹去这名字上还留着的硝烟味,他又是位生活在这座城市里普普通通的老人。

老人在前年九十一岁时离世时,子孙满堂,很圆满了。随着老人的离世,本来就如一本书,已合上最后的一页了,可是在去年却接到了新四军江南指挥部纪念馆征求文物的邀请,于是这本已经合上的书,便又被翻了开来。

老人1923年生,陈毅粟裕1939年率新四军江南指挥部入驻溧阳水西村时入的党。1941年2月,十八岁的彭彭就成了溧阳县最早的,余桥乡的党支部书记。为了保护家人方便革命,彭彭化名叫作陈留芝。1942年老人跟随新四军北撤去苏北,在镇江附近深夜过江

## 东篱下

时遭到敌人袭击,他被一个连长拉着手从屋子里冲出来,翻过院墙时被打散了,失联的他只好潜回家乡,家乡已是敌人的天下。到了1944、1945年新四军又打了回来,他与部队这才重新取得了联系,组织上要他找人证明他的过去,可他首先要找的那个当年与他一齐翻墙突围的大胡子连长,那人早已不知所终。那么作为当年余桥乡的党支部书记呢?他前后一共秘密发展了九个党员啊?一个也找不到了,有的跟新四军北撤了,有的牺牲了,有的失联了……"彭彭,你怎么才能证明你是陈留芝?或者,你怎么才能证明你是你?"这绝不是一个笑话,革命战争年代的复杂与残酷,由此一览无余。对彭彭坚决要回到革命队伍来的要求,党采取了个变通的办法,只要以前的不算,一切从现在重新开始,就行了。

于是老人彭彭的革命历史,便从1944年开始重新书写了起来。

在我同学捐赠给纪念馆的文物中,就有新四军第一师三旅九团政治处组织股发给他的功劳簿,上面记有:鬼头街战斗,四天三晚没睡觉,战斗结束尸臭冲天,参加掩埋至晕倒……

还有他亲笔在朝鲜战场的战壕里写的战场动员:"过战争关就是对每个人是否忠于祖国,忠于人民与革命事业的大考验……敌人可能在我们意外的时间和地点发起登陆作战,可能使用诡计使我们过早地暴露兵力、火力与阵地,然后用空军来摧毁我们……(我们要)保证部队(特别是干部)有打登陆艇,打坦克,打空降,打敌重叠进攻,与敌反复争夺,连续反击,防化学、原子武器的思想准备,树立小心谨慎、坚韧沉着……"捐赠的文物里还有宋庆龄用自己的钱,为朝鲜前线指挥员特地从国外购买的手表;还有后方为前线送去的象牙筷。

有了这些,老人彭彭自1944年以后的革命经历,一步一个脚印，明确而清晰。但设身处地为老人想想，那1944年以前被迫"丢掉"的革命历史，终究是个遗憾……然而事情还是在新时期出现了转机，一位省部级领导，在回忆溧阳当年的斗争史时，说溧阳县基层的第一个党支部书记是陈留芝，原来姓彭，不知这人后来活没活着？陈留芝、彭彭，彭彭、陈留芝，一层被蒙了几十年的窗户纸，终于被轻而易举地捅破了！

老人对于找回了他那段"丢掉"的革命历史，其实看的已很淡了。解放后他回过他的家乡，但每次都是远远地驻足村头，眺望复眺望，因为当年全村出去参军的二十四人，只活着回来了两个。老人临终前唯一的愿望，就是回到家乡看一看，看看自己带出去，再也没走回来的战友的母亲……

彭彭老人临终时已九十一岁了，他那个战友的母亲肯定是早已不在了，但这其实是作为一个情结，一直都系在了他的心头，一系就系了几十年……就在老人彭彭走过了跌宕起伏的一生时，历史给了他一个回报，溧阳水西村的新四军江南指挥部纪念馆，确认他作这溧阳县基层的第一个党支部书记而来征集他的文物了。七十多年前，新四军挺进江南敌后，陈毅与粟裕，在这里度过了整整两年的艰苦岁月。溧阳水西村的新四军江南指挥部纪念馆里有陈毅结婚时的新房，也有粟裕蜗居过的阁楼，粟裕大将去世后，还把他的部分骨灰，埋在了这里的天井里。

现在彭彭老人的身影又回到了他的家乡，走进了溧阳水西村的新四军江南指挥部纪念馆。

彭彭老人其实不是一个人回来的，他的身边还跟着了二十三个。他们排着整齐的队列，正步走进了这里，向陈毅元帅和粟裕大将敬礼，"老首长，我们向你们报到来了！"

东篱下

# 胥塘桥下胥塘河
## ——西塘随想之一

## （一）

初到西塘，当然是要急于先望一眼这浙东北杭嘉湖平原上的小镇了，可迎接你的却是镇南那条横贯东西的邮电路。这柏油路十分宽展，两旁商店、酒家、邮局、银行鳞次栉比，仿佛兴味盎然地在用它的另一面，有意向你招摇着。

那么古镇的小桥流水呢？那么那些踩上去"的笃"作响的石板路呢？还有那些与石板路相连着的，窄窄而幽秘的弄堂呢？这就让人有些疑惑，古镇西塘究竟被藏到哪里去了？

我沿着邮电路寻寻觅觅，向东走着就远远地看见景象变得有些不同起来。

黑瓦红柱，画栋雕梁的廊棚出现在路的两边，几个老人正坐在廊下的美人靠上悠闲地聊着天，细看，却见有条河从廊下悠悠地穿过，这才恍然明白这是一座桥。这桥造得别致，两边建有廊棚作为人行道，既避雨又遮阳，两侧廊棚的中央，夹着一条宽展的路，汽车从中驶过，悠然中便就显出了些喧忙。

桥下的河水水流缓缓，沿河北望，一座水乡的古镇豁然出现在了眼前。

河两边的房舍似乎都有些高耸，错落着一直向远处舒展开来，而河上的桥，拱形的，平形的，大大小小一座一座自近而远，翩若惊鸿的一般。这河略带弓形地向远处伸去，近午的太阳照在上面，水波粼粼浮光耀金，似乎为这西塘古镇厚垂着的帷幕，拉开了一条狭长的缝隙……如要进入西塘古镇，便可以从桥北一侧踩着青石板拾级而下，沿着河岸边的街市走进它的深处了。

但又何必那么着急呢？站立此处多一阵眺望，或许能生发出另一番感触来。

## （二）

向路人打听，知道此桥叫作西塘桥，桥下的这条河自然也就叫作西塘河了。

其实它们现今的西字，是从胥字演化而来。江浙一带凡带有"胥"字的地名，大多都与伍子胥有关。

这条胥塘河也是这样，它是二千五百多年前吴国的大夫伍子胥开挖的一条人工河，西塘的历史由此才被渐渐地掀了开来。我看有关的资料上说，伍子胥开挖这条南北长达二十余里的胥塘河，是为了兴修水利造福于民的，想想吴越时的历史，便总感到有些疑惑。

## 东篱下

西塘镇的历史,难道真是在这一派歌舞升平中掀开来的?要想求出个明白,看来还是应该先把伍子胥这个人寻出些根底来再说。

伍子胥原是楚国人,生逢乱世,他的父兄都是楚国的重臣高官,后来遭人陷害,被楚平王杀了,唯独伍子胥逃了出来。经卫国郑国,先北上绕了一个大弯,几经磨难才在吴国留了下来。在吴国他也并没得到重视,先种了几年地,但他有仇要报,是肯定不甘于这样隐匿下去的,遂举荐了著名的刺客专诸,刺杀了当时的吴王王僚,帮助继任的吴王阖闾成功地搞了一次宫廷政变,一举而成为吴国的大夫。于是由他主持,由名垂千古的天才军事家孙子直接指挥的,讨伐楚国的战争开始了。这样的组合如果不是无往而不胜就没有道理了。连打五战,五战皆捷,楚国的首都郢都被攻克了,楚昭王被打得落荒而逃,若不是楚国的大夫申包胥跑到秦国绝食,并且撼天动地地放声大哭了七天七夜搬来救兵,若不是吴国内部出现内乱,楚国这回肯定在劫难逃,非亡了国不可。经此一击楚国虽未亡,但已国势大减,从此一蹶不振。

伍子胥是高干子弟出身,没有斗鹰走狗成为纨绔,除了本身的才能而外,是不幸的遭遇造就了他。攻入楚国后,楚平王已死,记得好像伍子胥还将其从坟墓中挖了出来鞭尸,血海深仇应该是报了。

伍子胥该住手了,可他仍然意犹未已。

后来的事情就纠缠到了吴国与越国的纷争之中。吴国伐越,结果吴王阖闾兵败反被越国所杀。阖闾的儿子夫差成了新的吴王,发誓要为父亲报仇。公元前494年,吴王夫差在伍子胥的佐助之下,率师伐越打得越王勾践最终只能仅仅带了五千残兵败将困守在夫椒(绍兴之北)的一座山上。不求和是不行了,派大夫文种献上美女求和。伍子胥此时劝吴王夫差"去疾莫如尽",彻底地将越国荡平!夫差不听,伍子胥仰天长叹道:"二十年之外,吴其为沼乎!"此时伍子胥已经预见到了将来吴国将要被越国所灭,吴国的宫殿城池将要被越国践踏成为一片泥淖。

可是长叹又有什么用呢?夫差曾经是多么圣明啊。为报父仇,数年如一日,每天都让人当面对他大喝,"夫差,你忘了杀父之仇了么?"这样的信誓旦旦,引来的是吴国迅速地强盛,一举打败越国也是必然的事了。

应该说,复仇以前的吴王夫差是有为而圣明的。

但明君与昏君的界线有时并不泾渭分明,倒像是隔着一层窗户纸,手指一捅,就两厢沟通了。吴王夫差就在接受求和而收下越国献上美女的一瞬间,已成了一个为千古所切齿的昏君了。世情也是这样,一个常人一旦发了昏,且还难有人说动,更何况是一个君王?吴王夫差以及伍子胥将来的命运,也就在这一瞬间注定了下来。

## (三)

这里再回过头来看看桥下这条胥塘河。

胥塘河原来应该是很宽的,因为它南面连接的一个地方叫文水漾,其实是浩浩的一大片水,再向南就一直接到了嘉善县一个又是叫"胥"的地方,胥山。这河道在经过西塘镇的一段,变得窄了,这完全和人为的经营活动有关,而且两岸的街市房舍的基础都用条石垒砌,垫得高了。站在这胥塘桥上向河中望去,便就生出了种"子在川上曰,逝者如斯夫"的感慨来。逝者如这河里的水,流走了，唯有留下了这条河。

胥塘河是伍子胥为了发展农耕，兴修水利而开挖，这说法有些一厢情愿了。想一想，西塘素称吴根越脚，地处两国交界处，二千五百年前这里能住有几个人？西塘成为集镇，物市交流，人烟繁茂，那还应是在元末明初以后的事，此时距伍子胥所处的年代，已相去了近两千年。运用大量的人力物力，在动荡不安的两国交界处开挖一条长达二十七华里的河，究竟是为什么？如果站在伍子胥的角度想想，那么就全通了。夫差有了重大决策上的错误，而伍子胥在以后十数年的岁月中，一直都感到有如芒刺在背，他急着呐！他还想要独木支于大厦，他还想挽狂澜于既倒，他在不断地劝谏吴王夫差的同时，便利用手中还有的权力，以"兴水利，通漕运，造福于民"为名，而开挖了这条河。再看看这条河的位置就更明白了，南北走向，挖通了它，由水路北上可达吴都苏州，南下便就到了越国的都城绍兴。如果陆地而往，在这水网地区遇水搭桥耗费太大，捷径就是沟通这条水道！伍子胥挖掘这条河，是在想着征伐越国以绝后患，他想着一旦说服了吴王夫差，那么就大军南征，千舟竞发了！

可吴王夫差想着的是越国的贫瘠，想着的是越人不开化，想着的是越王勾践曾经还残存的，那五千跪伏于地乞求饶命的军队。他这是在一门心思地想，一厢情愿地想，他就是偏偏没想到，越王勾践此时居茅屋而睡草铺，并且在门口还挂了一颗苦胆，进门尝一口，出门也尝一口，已是在卧薪尝胆了。吴王夫差此刻已为越王战败后随侍在侧时，为表忠心曾经品尝过他的粪便而感动，更为越王回国后又送来了绝代美女西施所迷惑，因此他竟想入非非，既无后患，便要在此时北上讨伐齐国而问鼎中原了。臣子要征南，君王要伐北，战略方向大相径庭，君臣间已经没有什么好说的。因为伍子胥不识相还在喋喋不休，还在挥动着手中企图南征的宝剑，便就成了令吴王听着见着无比心烦的一件事情。于是夫差干脆就把这宝剑赐给了伍子胥，不是要他南征，而是要他闭嘴，自己割断自己的喉头得了。

伍子胥刎颈自杀后，吴王夫差北上攻齐时，正好被卧薪尝胆的越王勾践寻着了个千载难逢的空子，他也挥师北上，攻吴。吴国被南北夹击，顷刻之间灰飞烟灭，土崩瓦解了。

## （四）

站在胥塘桥上，我看着流水滚滚而去，逝者虽然如斯，但也不妨碍我们试想着假如。假如当初吴王夫差听了伍子胥的劝阻，"去疾莫如尽"，彻底地将越国毁了又怎样？有点意思，可我想了想，觉得其实也很简单，只要夫差还是那个夫差，躲过了这一劫，即使赢了这一把，也还会有下一劫的。历史的大势，他改变不了。

还是暂且撇开人为的因素来从容地回首瞻望吧。西塘古镇向东不远，便是大都会上海，它的周边也都成了现今中国的富饶之区，可这已经是两千五百年之后的事了。而越过这二千五百个春秋，历史却注定要把改变它走向的重任，交给中原大地，中原地大便于征战，便于铁骑与战车的纵横驰骋，吴越之地水网纵横，格局毕竟太小了。另外，北地当年交通畅达，同样也便于学术思想的交流，所以出现了孔子、墨子、荀子等一代思想的大家，出现了"百家争鸣"的格局，便是一种时代的必然，这在当时偏于东南的吴越之地，是不可想象的。所以地处中原西北的秦国才有了接受新兴思想的机会，

## 东篱下

从而实行"商鞅变法",因此统一中国的机会,已是非秦莫属。由此看来,吴王夫差成为亡国之君的命运,是怎么也摆不脱的。

"逝者如斯"伍子胥难酬的壮志,便也一如这胥塘河水缓缓北去了。此时想来倒真是有点为伍子胥可惜,逃亡吴国原本是为了复仇,报了仇即可罢手那该多好!吴国与越国之间,那更应该是吴王夫差管的事,岂不闻《左传·曹刿论战》中的那句名言,"肉食者谋之,又何间焉?"间者,参与,管也,伍子胥他管得太多了,他左右不了吴王夫差,更左右不了历史发展的方向,因此他落下一个为吴王夫差殉葬的命运,也是势在必行。

脚下的这条胥塘河,我想应该记下这样的一段史事,才会更有意思得多。

同样有意思的是,在当年伍子胥为伐越而心忧如焚所开挖的河道两旁,二千五百年后竟出现了一个繁华的水乡小镇,西塘。

这大约是伍子胥当年怎么想,也想不到的。

# 种福堂
## ——西塘随想之二

## （一）

下了安境桥向西，就是西塘镇的西街了。

西街在西塘镇最为古朴，一色的明清建筑没有一处变了样子的。伸出的屋檐，褪色的木质门窗，石板的街道，几乎都还保持着数百年前陈旧的味道。更为别致的是这街很窄，且两边都是两层的楼，我看见两个老者打开楼上的窗户，临窗而坐，竟然喝着茶隔着街在上面攀谈。耳中听着他们传来的吴侬软语，再看看一街的上方都在飘摇着的店牌招幌，一时间便觉着古意盎然了。

将西街几乎走到尽头，就到了种福堂。

种福堂这宅邸第一进是很不起眼的矮房子，进去后就是一道高大的门墙，再朝里去，这才是它的轿厅与客厅了。据说这样的建筑格局是西塘的一个特色，外表不事张扬。冬日里来的人少，其实这正是静心静意逛逛宅子的好时光。如若春日里游人摩肩接踵而至，宅院里一片热闹的吵嚷，原先那居家过日子的气氛就一点也寻觅不着了，即便庭院里种着的几株红桃开了，也是枉然。在这里我几乎是一个人随心所欲地漫步着……看看介绍才明了，这宅子原属于镇上的王姓人家。如果追溯源头，那是在南宋的初年，有个叫王渊的人将这一支王姓带了过来，而其中经历则是十分耐人寻味的。

## （二）

王渊所处的年代，正值南北宋交替，当时社会正处于大动荡，大分化的关头。北宋王朝如一座矗立在中原大地上的高耸危楼，这时已经不住劲烈北风的吹袭，终于轰然坍塌了，于是整个社会都在搬砖运瓦，将这坍塌建筑上还可用的材料，不论好歹，是好是歹都朝南面运去。

王渊就在这样一个大搬运大迁徙的时代，当上了御营司都统制。我起先望着西塘镇画册上的介绍，有点顾名思义起来，以为御营司都统制充其量大约也就是宋时皇上警卫部队的一个头头吧？可是一查，却大吃了一惊，"御营司"这个机构，正是在南北宋交替这个非常时期才设立的，"统辖东南各军，同时作为皇帝的直属部队。它的最高长官都统制，实专兵权，使枢密院形同虚设"。见这段文字，就委实有些不敢小看这个王渊了，然而又不由得倒抽一口凉气，枢密院是宋时的最高军事机关，能使它形同虚设的人，难道他就没感到临祸不远而高处不胜寒了吗？

这样还不足以把王渊讲清楚。这里有必要先说说宋高宗赵构。

赵构实在是太有名了，他应该说把大宋的政权成功地迁到了临安也就是今天的杭州，建立了南宋王朝，他偏安而不思进取，他重用权奸秦桧而杀害千古名将岳飞，因此他也就是中国历史上最著名的冤案制造者。但冷静下来想想，他还应是一个比较不错的政治家，比起他的父兄来，他的头脑要好用得多。

中国封建社会的开国之君大多数都是在马背上打出的天下，而亡国之君又大多文化修养特别好，如陈后主对韵律精通入微，所谱《玉树后庭花》一曲，成了千古绝唱的亡国之音；南唐后主李煜，词界的一代宗师，"问君能有几多愁，恰似一江春水向东流……"亡国之后的词作犹佳；而赵构的父亲宋徽宗赵佶不但绘画堪称一绝，而且还独步书坛，创造了一种书体谓之曰"瘦金"。这些人应该说都是用倾国之力培养出来的艺术家，但作为掌管一个国家命运的人，沉迷于艺术之中，这个国家面临亡国的命运也是当然的。赵佶爱好艺术，珍禽异兽、奇花异草在大江南北无所不收，最著名的就是把出产在江南的太湖石，千里迢迢运到北宋都城开封来堆造假山的"花石纲"工程了，结果弄得民怨沸腾，弄得金人的铁骑频频南下，逼得他避祸南下转了一圈后，觉得国家的事太烦，干脆就不烦那个鸟神了，于是就把皇帝的位子让给儿子钦宗赵桓，自己来专搞他酷爱的绘画和书法。于是赵构的哥哥赵桓上台当皇帝不到两年，便被金人攻破开封，于是徽钦二宗这父子两个皇帝都被金人俘虏，押解北上。这一年北宋的年号谓之曰"靖康"，历史上最著名的"靖康耻"就在这时写了下来。

赵佶的艺术才华直到做了金人的囚徒近十年后，也还依然用得着。在北国的冰天雪地里，在受尽了欺辱自知离死不远时，面对破盏孤灯，他还写了一首诗：

## 东篱下

彻夜西风撼破扉，萧条孤馆一灯微。

家山回首三千里，目断南天无雁飞。

## （三）

历史把宋钦宗赵桓的弟弟康王赵构推到了前台。

前面一下子出了两个亡国之君，赵构应算得上是个开国之君了。也不知是真的还是假的，此人当了皇上后一会儿要雪耻图强，一会儿又贪恋着歌舞升平，勾引得金人又频频南犯，他竟能在大敌当前时罢了重臣李纲，将一个烂摊子丢给了大将宗泽，自己跑到扬州躲了起来。没想宗泽把金人打跑了，请他回开封，但他不回了，并命令宗泽不许追击，以免开罪于金国。宗泽七十高龄，就这么被他气死了。自折藩篱，扬州神仙般的日子自然是过不久的，金人再度南侵时，加上内有小人作乱，高宗连夜一路逃到了杭州。

这时王渊出现了，他因此次由扬州一路护驾有功而被加封了同签枢密院事，这是一个能够掌管全国军队的副职，再加上原来的御营司都统制，手中可谓要职务有职务，要军队有军队，而且都是御林军。王渊的过失在于，他和宫里的一些太监过从甚密，被另一些人引以为借口发动政变，把高宗赵构给废了，王渊也在政变中被杀。历史上把这一事件，称之为"明受之变"。可是两个月不到，谋反的苗傅、刘正彦又被勤王的韩世忠、张俊、刘光世等人所镇压。反正在那个大动荡的年代，杀来杀去，是没有什么道理好讲的，韩、张、刘可以以勤王之名杀了苗、刘，苗、刘反过来也有理由，赵构是明君吗？如果赵构那次真的给废了，以后又哪来的秦桧，杀害岳飞的千古奇冤也就不可能了。一切都不说它，倒是在苗、刘造反废了赵构的这两个月内，是有足够时间来清理王渊家人的，于是可想而知，王渊的子孙们在这两个月内惶惶而逃，隐匿在杭嘉湖一带的水网之中。但高宗赵构被勤王之师救出以后，却既没有听说他要为王渊昭雪，也没有听说王渊的后人出来喊冤。这就有点显得古怪了。赵构的帝王之心不可测，先不去管他。但须知道，赶来勤王的三个武将，都同王渊有着非同寻常的关系。韩世忠曾以偏将的身份随王渊镇压过方腊起义，张俊是王渊的甘肃同乡，又同为御营司统制，而刘光世的父亲刘延庆又是王渊的老上司，刘光世不但与王渊曾并肩镇压过方腊，还一同攻打过辽国。如果此时王渊的后人找他们中的任何一位出来说句话，昭雪想也在情理之中，是并不困难的事。

## （四）

讲了这么一大堆，这就到了我要说的事情上头去了。

王渊的后代隐匿江湖，没有任何人出来申冤，通过史料与情理的推断，他们此时正睁大眼睛看着呢！因为要说到情谊的深厚，那个谋反的刘正彦正是由王渊举荐给的朝廷，才得以被委任为武德大夫兼右军副都统制的，同时王渊一次就分出精兵三千给他，可反目时，刘正彦杀他的恩人王渊却是连眼眨都不眨的呀。世态炎凉，转瞬而已，他们的确是还要躲在暗处好好地看下去。以后的世事沧桑，证明了王氏后人没有白白经历这一场大的变故。果然那三个帮助赵构复辟的人，张俊日后不久就成了秦桧杀害岳飞的帮凶，刘光世也没多少骨气，颇能与世情相苟合，"因与时沉浮，不为秦桧所忌，后加官至少师，宠荣以终其身"。韩世忠不错，他与他的夫人梁红玉在镇江击鼓震金山，将南侵的金人打得大败，当时与岳飞齐名。但其后他就与岳飞同时被召入朝，岳飞被害，韩世忠也随之"任枢密使"，明升暗降，被解除了兵权。从此韩世忠反对议和杜门谢客，绝口不言兵事，常常去游西湖以自娱。因此，此人虽是个好人，但其晚年却是在一派压抑的心境与气氛中度过。情形如此，王氏后人就是找到了他，有用吗？

要说为王渊平反，是件南宋高宗赵构最应该做的事。

人家政变时，还不太敢杀皇上，怕皇上的儿子将来找他们算账，这才把王渊拉出来杀了。但赵构若没有点道理，那也就成为不了南宋这个偏安小朝廷的开国之君了。赵构是宁可杀了岳飞也誓不北伐的，北伐如果打败了金人，迎回了徽钦二宗，那他这个皇上也就没地方放了。赵构的誓不北伐，引来文人的嘲讽与斥骂便就成了必然。赵构想得开，骂就由他们骂去，总要留下一个鼻孔让人出出气。主要是赵构看得清楚，骂他的文人们不像岳飞，手里没有兵权，他只要对于这骂装作没听见，当成耳边风也就行了。正是由于如此，陆游、辛弃疾出现了，南宋以豪放而著称的诗词由是达到顶峰，风行天下……不过这骂与嘲讽也实在太难听了，陆游、辛弃疾这样的且不去说他，当时就连路边桥头不知什么人写的提壁诗，也是辛辣无比，记得儿时读过一首这样的诗，

> 白塔桥头卖地经（地图），长亭短驿最分明。
> 如何只记临安（杭州）路，不较中原有几程？

这就叫骂人不拣日子了，兜着底儿来的，可是赵构他就当没听见，你便拿他一点办法也没有。至于为不为王渊平反，事件本身就是一场乱杀，过眼烟云，赵构早就没心思管它去了。王渊的后代我想也看出了这一点。再说，在南宋那一片乱糟糟的政治中，昭雪了又如何？出来做官了又如何？犯不着了，所谓"肉食者谋之，又何间焉"？

看来王氏的后人，要比一千六七百年前同在这一方土地上生存过的伍子胥，对这样一个充满了平民倾向的道理，要体味得深刻得多了。

## （五）

杭嘉湖平原这一片水网是个便于隐的地方，王氏的后人在这里隐匿了下来，修身养息。

然而这一隐，从南宋就一直隐到了清朝的顺治康熙年间，其间历经元、明两朝整整五百多年，也真是隐得够意思的。

王氏的子孙经过五百余年的农耕与经营，此时在西塘建起了前后七进加一后花园的宅邸。现在开放的共有三进，第三进便是这"种福堂"，生前多种福，后代得到善报，其中以先人的教训，警示后人的意味是不言而喻的。与此相对应，这里的第一进秉承了西塘建筑的传统，低矮而不张扬，似乎在向人们示着弱，而第二进与第三进高大的砖雕门楼上，一面刻着"维和集福"，另一面刻着"元亨利贞"。"维和集福"好理解，而"元亨利贞"却是取自"易经"中的一个意思，象征着事物的一个发展过程，元为开始，有开始就会有结束，冬尽而春来，开始的时候充满着希望，发展繁茂了以后,又要想到秋天时的落叶凋零。这里是对于生活的态度,取了一种平静平和的心态。有了先祖王渊的教训,它就显得很耐人寻味了,它与"维和集福"互为表里,也是这西塘古镇一直能留存到今天的,一种内在的韵律了。

这样一种平和的心态,还表现在这"种福堂"所独有的建筑特征上。它的二楼在楼板上又用糯米汁与石灰,铺上了一层四方的地砖,这样楼上人走动起来就不至惊扰到楼下,楼下的客人尽可以安心地"家事、国事、天下事"地畅谈;而楼上的人便也尽可以"躲进小楼成一统,管它春夏与秋冬"了。两不相干,各得其所,尽皆安然。

# (六)

我安逸地坐在"种福堂"里的椅子上,大约是思索得深沉,起身后竟然昏头昏脑地到处去找它的后花园,没找着,它早就被历史的云烟吞没得无影无踪了。这似乎是个遗憾,就设想着如果这"种福堂"有它的后花园,那又该是个什么样子?正想得有点儿不得要领,却忽地想到了相去不远处江苏同里的"退思园"。

"退思园"是以它外在的收敛与内里的豪阔而著称,看后无不叫人咂舌的。"退思园"主人任兰生,晚清时当过"凤颖六泗"兵备道,兼淮北牙厘局等官职,所谓兵备道,不过一个军分区的司令而已。但任兰生在被罢官后,回到水乡同里老家,居然造起了这么一大片极尽豪华的园林,人们不禁要问,"这钱是从哪里来的?"须知拿出来造园的钱,肯定仅是他财产的一部分。而他任职的所在,却是地处淮河中下游,几乎是个年年都要闹饥荒饿死人的地方。所谓"凤颖六泗"的凤,就是指安徽的凤阳。岂不闻凤阳自古流传下来的一曲民谣吗?"说凤阳,道凤阳,凤阳是个好地方,自从出了个朱皇帝,十年就有九年荒。"这里的穷困岂止是出了个明代开国皇帝朱元璋?恐怕和历朝历代大大小小的任兰生们的贪婪,都是直接关联着。然而任兰生被罢官后,又用这贪来的钱造园隐居,所谓"退思"反省,分明就是玩弄天下人的良心与眼睛了。任兰生的"退思",外敛而内张,他究竟"退思"了些什么?想来无外乎一旦有了机会便就卷土重来,如何格外地贪腐罢了。

"种福堂"现有的格局来看,它的平民倾向已决定了它即便有园子,也是个去奢就简,平静随和的地方了,如此便与"退思园"显得泾渭分明了。

"种福堂"与"退思园",各有各的景致,各有各的性情,从不同的侧面展示了不同的风采。而它们从不同的侧面所揭示出的哲理,却都是发人深省的。

特别是在天下安然步入太平,一切都在不知不觉由俭入奢的今天。

东篱下

# 陆坟银杏
## ——西塘随想之三

## （一）

过胥塘桥顺着邮电路走不多远，向右一拐，在一处房子的背后，就能见到两棵巨大的银杏树，兀然屹立在这水乡。

这两棵树确实有年纪了。时值冬季，它已将一身的茂叶抖落得干净，唯见枝干纵横交错在上方，显得遒劲而傲然。因是镇郊，大地在田畴互织水网密布中伸向了远方，四野里漫撒着冬日早晨的一地银霜，太阳正不高不低地悬挂在东南，映照得一世界便都在银光闪闪，并且越向远方，便就越显得苍凉。

这里原来是明代西塘陆氏家族所置的墓地，这两棵已有六百多年的银杏树正是因着陆坟而得名的。若说是看，也就是两棵古银杏罢了，但"山不在高，有仙则名；水不在深，有龙则灵"。陆坟与这两棵银杏之所以在西塘妇孺皆知，就是因为这里曾经出过一个陆邦。

## （二）

陆邦何许人也？不甚了了。只有翻开《西塘镇志》才知道，此人在西塘镇的历史上"官河南巡抚"，是个把官当得最大的人。因是当过明代的河南省省长，就特别地引以为荣，不为过，但也显得意思不大了。陆邦的意思就在于，此人不但官当得大，对于当官的态度也是有些不拘一格的。

大明一代到了中叶，正是皇上把个皇上当得花样百出却又百无聊赖的时候，因为一切制度方面的事，经过二千多年封建社会的磨合，已搞得太完备了，皇上没有什么可担心的，所以反而无所事事。即以这个陆邦所处的嘉靖年间为例，皇帝明世宗朱厚熜，几年选一回宫女搞得民间鸡犬不宁，以至于宫女们被逼急了差点用绳子把他勒死。后来这个皇上还独崇道教，整日躲在宫里炼丹，以图成仙得道长生不老，一个大意便是二十多年不上朝视事。这样的王朝出巨奸便是很自然的事了。明世宗用了很会看他眼色的奸相严嵩为其处理政务，其余文武百官则是见不到他的。严嵩除了有历史上一切权奸当道时的对上欺瞒，阿谀谄媚，窥测方向；对下指鹿为马，贪财好货，制造冤狱等等一系列的特征而外，那就是对远处有声望的官员执行怀柔政策，实行拉拢。试想一个清廉自守的官员与他往来，那么人家清正廉洁的好名声他不也沾着了吗？既是个坏人，而又注意到名声，这就是严嵩的不同寻常处。

然而陆邦与严嵩的往来，那还是在严嵩当道之前的事。

陆邦，明嘉靖五年（1526年）进士，初任南刑曹这个小官时，严嵩曾多次过访，陆邦拒而不见。严嵩不解，托人试探其意。陆邦对来人说，"此人赫赫有名时，实奸雄也。"果然仅仅两年，严嵩就真的飞黄腾达了，这就叫人不得不有些佩服陆邦的眼力。明明知道这人会要飞黄腾达赫赫有名，却不与之交结，这便显出了陆邦的个性与人格方面的魅力。后来陆邦出任武昌、岳州的地方官，据《西塘镇志》载，"在任期间，崇尚节俭，宽赋役，省讼狱，开荒田，逢饥荒之年，开仓赈济，活饥民百万。"然而这时已是严嵩把持朝政了，因对陆邦怀恨在心，想报复，但却又对这样一个很不错的地方官不好做得十分明显，于是最好的办法便是"十年不予调升"。

## （三）

于是岁月就这样悠悠地过着，陆邦与严嵩，一个在朝廷，一个在地方，倒也相安无事，直到一个叫伊敏生的御史言官巡历到了武昌岳州地方，情形这才有了改变。

伊敏生见陆邦供奉甚简，其衙门内仅老仆两人，室内破箱无锁，仅置残书百帙，布衣数件而已，便有些感动。除了上书推荐而外，在京城里还为陆邦大声疾呼起来。这就叫权奸为难了，但严嵩反过来一想，"十年不予调升"也该叫陆邦低下他那颗高昂着的头了，便欣然同意调陆邦到京城来做官。谁知陆邦到了京城，拒不前去拜见严嵩，搞得连严嵩都百思不得其解，便又派人去嘲讽陆邦，要陆邦通晓世情记住"十年不予调升"之苦，并且要明白受人之惠而报恩的道理。陆邦听了也觉得好笑，答道，"受职天朝，拜恩私第，贤者所不为！"这意思说白了就是，我的官是朝廷给的，却要到你的府第上谢恩，这是为贤者所不耻的事。后来严嵩不得已还是授予陆邦太仆寺少卿，接着便让他离开京城走得远点儿，去巡抚河南了。

但这时有个叫袁良贵的人，是陆邦的朋友，他看了觉得陆邦当这官有辱人的名节，写信给陆邦说，"试看今日奸臣得志为官，你也混迹于官场，这种官你还想做下去吗？"陆邦反躬自省，觉得严嵩虽没拿自己怎样，却把持朝政制造了一系列的冤案，仅诬陷抗倭名将俞大猷，杀害守边有功的曾铣，从而导致陕北河套地区被蒙古鞑靼人侵占，搞得边患连连，吏治不清整个国家都不得安宁，就够令人发指了。于是陆邦说不做官就不做官，毅然辞职，拂袖而去了。这个辞职就有了陆邦在朝廷不愿与严嵩同顶一方天，同处一块地，而不共戴天的意思。那个年代把官做上去不易，辞职也不易，是需要胆量的。人家都跑官、要官、花钱买官做，你却给你官不做，你还想干什么？应该说我十分钦佩陆邦的胆量，同时也应该说，陆邦是幸运的，他的辞职，居然被恩准了。他回到了他的故乡西塘，过起了"结庐在人境，而无车马喧"的生活来。

西塘四面环水，那时还不通陆路，是十分宜于隐的。

陆邦究竟何年归隐故乡，已无可考，只知其寿命并不太长，卒年五十有五。而奸相严嵩却一下子活到了八十有六，这就不得不叫人仰天发出一声浩叹了。更有意思的还在于，如果提起明代中后期的历史，人们立即就会想到严嵩，再就是想到稍后的那个阉党魏忠贤了，而对于陆邦，就很少有人知道。其实陆邦不仅仅对于历史，对于文学创作，都是个值得好好一写的人物，然而他却已似乎被淹没在了一片史事的汪洋大海之中……

我想，这里充满着历史的不幸与偶然。

有明一代，嘉庆万历两朝就一连出了两个历史上著名的昏君，但却在皇上的宝座一坐都是将近五十年。是他们把大明的气数耗得尽了，这两朝过后不久，李自成、张献忠的农民起义便就风起云涌，大明这艘行驶在惊涛骇浪中航船的倾覆，已是为期不远的事了。因是有了后来这样的精彩，你说还有谁顾得上为区区一个陆邦树碑立传呢？

及至改朝换代到了大清，那就更管不了这已是一百多年前的闲事了。

# （四）

陆邦就卧在眼前的一片坟茔之中，似在静静地凝思着，在静思中观看着那晓月与夕阳，听着那河浜里的桨声橹声与路上行人匆匆的脚步声，听着那雄鸡一唱天下白的咏叹……

陆邦的心里应该是十分地淡然，故乡西塘的这一切，都很恬静。应该说，他是个得到了善终的人，因此对于身后的评说，早已显得十分无所谓了。

陆邦墓旁的两棵银杏，已然六百高龄了。我抬头打量着这两棵银杏，朝阳的一面，此时严霜已经化掉了，使得树干有些湿漉漉的；背阴的一面，霜还白花花地依然，它昂身而立，枝杈纵横地仿佛在支撑着一方天，又仿佛在昂首吟唱着。西塘这地方，不单单有吴侬软语的浅吟，也有"受职天朝，拜恩私第，贤者所不为！"这样如同关东大汉般地激昂高歌……

因为这般铿锵高歌，西塘人记住了这陆坟与银杏。对于生时就不求闻达于诸侯的陆邦来说，哪怕其声仅仅只传出了这方圆十来里呢？就够了。

## 感受陪弄
——西塘随想之四

### （一）

随着旧城的改造，弄堂在一片机械的轰鸣声中无情地消失着，大都市的面貌，早已变得面目全非。如要寻觅，现代公寓的墙上有时还能找到一块块昔日的地名牌，但它与摩天高楼相处，就觉得是被硬生生贴上去的，莫名其妙了。

还想再见见昔日原汁原味弄堂吗？人们寻寻觅觅……

在西塘，弄堂依然。在那里一条条古旧的弄堂不仅式样、格局，就连色泽也是旧时的。走近了，似乎还能感受到从它们身上时时散发出的，一阵阵撩拨人的，明清时代的呼吸。

西塘古镇的弄堂大致可分为二种，一为陪弄，一为弄堂。

因为我喜欢一个人在西塘古镇上游走，享受自由自在的孤独时，往往又能兴之所至忽发奇想。所以我首先在西塘的塔湾街，北栅街，里仁街一带，遇到了瑟缩在廊棚后面不显山，也不露水的"陪弄"。

我总会先把头伸进这"陪弄"望望，一眼见不着底了，"探幽"的心境便就油然而生，接着的事，就是一头钻了进去。

# （二）

陪者，附属也。陪弄是过去深宅大院的一个组成部分，因此它的上方一律都有完好的屋顶覆盖着。

陪弄在过去那个年代，多是供"下人"进出的地方。也有例外，如果来了什么人，主人又不愿声张，那么就从这陪弄里进出，即隐秘，又安然。

穿进"陪弄"，一般不会遇到什么阻拦。往往是进去后走不多远，大约是我孤独而陌生的脚步引起的回响，不时便会有扇侧门打开，一个老太太将头伸出来，望望我，笑一笑，又缩回去。想必她见着来"探幽"的人已是不少了。

陪弄越穿越深，光线也就越来越暗，暗淡之中，不时有侧门出现，我轻轻地推开虚掩着的门，一束强光便会从门后猛地扑过来，待眼睛适应后，一处小院出现在眼前，给人一种别有洞天的感觉。于是我看见迎面几缕青藤正不急不忙地爬在石灰斑驳的墙上，院角迎着太阳的地方，正生着一丛青翠可人的竹，生气盎然地随风轻摇着，墙下是碎砖垒起的花坛，一株黄灿灿的蜡梅正在那里悄然绽放；向南的一面是座二层楼，楼栏已陈旧得枯黄了，而它上方的铁丝上晾晒着的衣裳，花花绿绿，新鲜得杂色斑斓……

这是一处非常清雅的小院。主人出去了，门却不锁，所谓"出不闭户",一种很恬适的情绪便就油然而生了……

悄然将门带上,我便又处在了黑暗之中。走不多远,听见了喧笑的人声,又遇上了一道侧门。推开门,又是一处小院,看见几个老头老太太正坐在屋檐下晒太阳,大约刚刚在叙说着过去,也许在思想着将来,他们的脸上都留着种神往而笑眯眯的表情,看见我伸进头来,就一律拿眼光望着我,终于有人向我挥挥手说,"没有什么好看的,不是景点,房子旧了,和我们一样,都快倒了。"于是他们都笑了起来,我也笑笑。何必来打搅老人们的一个梦呢?把门轻轻地掩上后,我再往里走。

这"陪弄"便就越走越深,越来越黑了。四周一点声音也没有,幽暗中又隐约出现一道侧门,伸手去推,随着滞涩而喑哑的声音响过后,那门豁然洞开,而里面的景象便叫人把心也揪得紧了。很逼窄很狭小的一个院子,半边还披着寒霜的枯草伏在地上,向南的屋子已塌了半边,没塌的半边,房梁与檩子还支棱在那里,显出了这屋宇已残破了的骨格,沿着柱子望下来,石柱与一地的瓦砾都是湿漉漉的,好像在散发着阵阵霉味,唯有梁上柱上还残存着的木雕,虽已被风雨侵蚀得面目全非油漆斑驳,却多少还在提示着这里曾有过的辉煌。

我惊讶地立在那里,这一切都是凝滞不动的。感觉中好像历史在这里倾塌了,而后又被完好地凝固在了这里,恰恰是我无意中将尘封的这一页门掀开了……我心里惶惶然,其景委实不宜久看,带上门,我匆匆又往里走。

走着走着,黑暗的色泽越来越显得浓郁,独行的脚步声,一声一声,显得有些吓人,我脚下的步子显出了犹豫。但这样的"陪弄"我少说也穿行过四五条了,往往的情形是走到尽头,感觉中已"山重水复疑无路"了,却望见正前方有道门,门里透出一线耀眼的光来，推开它，便能见到或是一座废弃的花园，或是一大片菜地，要么就是临着的河浜，那心情便就能在豁然开朗中，领略到"柳暗花明又一村"的喜悦。

我继续走，脚下的步子已变得轻若无声。终于双眼在黑暗中隐约分辨出了挡在面前的一扇门来。门很厚重的样子，灰色的木纹筋筋络络，条缕毕现。我伸过手去要推，突然看清门上有双粗大的门环，上着锁。那锁，锈得一碰似乎就会掉下来。心里有些莫名其妙的慌，这周围很黑，一切都在朦胧中若隐若现样的，这真是走到一处尽头了。想着抽身而去，幽黑中却又不敢蓦然回过身来，只好镇定着自己，眼睛直直地盯着那锁，手却莫名其妙地悄悄在身上摸出一支烟来。点上，深深地吸一口，而后不动声色地向后退着，退着，退出了七八步，听不见自己的脚步声，心却在胸腔内"砰"然作响……猛然一回头，我转过身来，远处白晃晃的一个光团，像个洞口。那是我进来的地方。

随着脚下传出急促的脚步声，仿佛才感受到了一种明朗的信息，又疑惑地问自己，这么深邃的洞，我是怎么钻进来的？

## （三）

重又站在了这条"陪弄"的入口处，我心释然。

那把锈锁挂在那最后一道门上究竟有多少年了？那道没有被推开的门后面，又究竟掩藏着什么？无解了。

无解便是解，只要这是一种行径，一种探究就行了。

# 金七老爷庙
## ——西塘随想之五

## （一）

　　塔湾街的尽西头就是"金七老爷庙"，大名又作"护国随粮王庙"。这庙的规模不是很大，前后两进，中间夹着一个天井，天井里设有一座烛台，香火十分地旺盛。护国随粮王的像是新塑的，整个儿一个慈眉善目老好人的模样，可他却是这地方供奉着的神。

　　护国随粮王这神相传姓金，名叫什么就不得而知了，但这里的老百姓却知道他老人家在家排行第七。所以在西塘这地界此庙又称"金七老爷庙"。这庙解放后一度被废，作过工厂，当过粮库，它的前殿早就拆掉了，现在的后殿，还算是它原来的东西。庙可以被废，但它的香火却一直没有断过，"文革"后因前殿无存而后殿还没有开放，西塘镇与四乡的百姓，便就已迫不及待地将香火蜡烛插

## 东篱下

在了原来前殿的土地上，面对后殿叩起头来。

一座被毁了一半连山门也没有的殿堂，一座当时连座神像也没有的寺庙，竟然有如此的魅力，一时间也可算得是个奇观。

护国随粮王这个本地的神，却并不是本地的人。这个神原来真有其人，当的是一个护运粮食的官。据说在明末崇祯年间，他押运着大批的粮食路过西塘，眼见西塘、嘉善一带旱灾严重，农田颗粒无收，饥民成群结队四处觅食，早已是饿殍遍野了。这位金七老爷就令运粮的船队停在西塘过夜，翘首北望夜不成寐。一头是饥民，一头是船上押运的粮食与他头上那顶戴着的乌纱了。到了第二天一早，这金七老爷终于做出了极为悲壮的选择，下令卸船以救灾民，于是西塘四乡以及嘉善一带的饥民奔涌而至前来就食。而这位"金七老爷"此时要掉的岂止是头上的那顶乌纱帽？分明是项上那颗鲜活的人头了！

于是金七老爷的选择便只有一个，自杀。

金七老爷投河自尽了。他用一官职，一条命，活人无数。

## （二）

这个故事讲到这里已是有些动人了，然而它并没有完。

根据当地的多个宣传材料上看，众口一词都这么说，"金死后，朝廷查清其事，追封为'利济侯'，后又加封为'护国随粮王'。镇上百姓感其恩德，特建此庙以表纪念"云云……细细想来，这就有些暧昧不清，这里所说的朝廷，究竟是哪个朝廷？明朝到了末年已是一副烂摊子，虽然崇祯皇帝想要力挽狂澜，但北方的旱灾更是赤地千里，百姓已到了敲骨吸髓，易子而食的地步了。明末，那是个李自成、张献忠等十多家农民起义军造反的年代，其势如燎原烈火，连凤阳的明祖陵也都被他们扒了；那是个满清在关外节节胜利，坐拥数十万铁骑对关内虎视眈眈的年代；而崇祯皇帝虽然试图励精图治，四处救火，但却刚愎自用，用人必疑，前线的大臣不断地换，不断地杀，杀到最后终于连他自己也逃脱不了当亡国之君的命运。因此由这样一位皇上来为"金七老爷"先封侯，后封王，就有点于情理不合，荒唐了。

须知道，明末清初，是个风起云涌而又充满着血腥的年代呀！

李自成灭了明，明将吴三桂降了清，引导关外铁骑又把迅速腐败了的李自成打得溃不成军，数十万铁骑马踏中原，城头变换大王旗往往只是一夜之间的事。关外八旗的虎狼之师横扫千里，只有到了江南这一隅之地，才遇到了真正的抵抗。南明的小朝廷当然是不值一提的，做了皇帝的福王朱由崧在大清军队就要兵临城下时，忧虑的是，他的宫廷戏班子里还缺少几个上佳的旦角呢！真正反抗的是苏、杭、嘉一带的百姓。江阴百姓守城八十一天，抗击了二十多万清军的攻击，杀死清军七万五千人，而城破之时一城的百姓被刀者十七万二千余，仅有五十三人死里逃生。同样距西塘不远，现属上海市的嘉定县，清军入城宣布"剃发令"，雄赳赳的大兵刀枪鲜明，押着剃头的挑子满街乱转，见着人便就剃头，不剃头便就一刀照脖子上砍过去。何等的耻辱！士人百姓两个月内在嘉定城里，三次揭竿而起前赴后继，这样的反抗与这样的被屠戮，其惨状是完全可以想见的。其实在整个苏、杭、嘉一带的每一座城镇的每条石板小路上，都淤着一层厚厚而又是滑腻的血迹。

从历史的角度看，苏、杭、嘉一带此刻第一次经历着真正意义上的战乱，而中国首富之区的这里，是只金盆子，如果当年就这么被摔得砸得支离破碎惨不忍睹,这将可能导致赋税与财源的断竭,于刚刚立国的大清不利。

我在庙内四处走走,瞻仰一番当年这位"金七老爷"的神像后,心气平和了。看来靠杀戮,起一时之效,并不是最好的办法,要想收拾这只金盆子,要想达到长治久安,还是应以收拢人心为上。数十年后康熙皇帝南下巡察,到了南京的第一件事就是去了明孝陵,对前朝开国皇帝朱元璋的墓地三跪九叩,执礼甚恭。康熙杀得了人,也曲得下膝,毕竟是个了不起的皇帝。他看得很清楚,他来这里三跪九叩是在向世人,特别是向江南的前朝遗民表明,大清与大明没有仇,大明是被李自成、张献忠等人造反灭了的,而大清灭了李与张,其实是为明王朝报了亡国的血海深仇。于是将因抗清而殉身的史可法封为"忠烈公",并在扬州梅花岭上建祠,又在江阴建了座"忠义祠",把抗清的典使阎应元的牌位放进去,就已成为顺理成章的事了。

但这样的祠建得太多也不行。江南的大地清军南下时,处处血流成河,如果处处立祠建庙,竖起了抗清英雄们的塑像与牌位,那不等于是伸手打自己嘴巴,骂人了么?康熙皇帝是聪明的,事情就在于恰当,少一点不行,多了一点点也不行。江北有个史可法、江南有个阎应元就行了。苏州不必再有什么,嘉定也不必再有什么,要有也得变着一个法儿吧?于是就想起了前朝的这位救民于水火的"金七老爷"来了。为"金七老爷"建祠立庙,揭示了明朝末年的昏,也昭示了大清朝的明,得乎民心,何乐而不为?

我想,我的这一提法大约是言之有理的。

其实老百姓对于"金七老爷庙",究竟建于明末还是清初是并不深究的,因为庙里供奉的"金七老爷"原来不但是个人,最重要的还是个好官员呐！祭奠供奉死人，其实是活人心中的一个念想，这念想，这留念是要有所升华的。所以，"金七老爷"在这里也就成为神仙了。

走出庙来，原因是有了这一番玄想，便依然觉得有些余味津津。

莫说江南一带，就是整个中华民族都是个喜欢造神的民族，也是个乐于敬神的民族。这是因为在它的历史上，有了太多的苦难，也是因了这个，中华民族对于好人好事，也就有了太多的善意与善良。

## （三）

说到这里，似乎有些太严肃了。其实老百姓对于他们所供奉的神明，也是有着非常实际与寻常的需求。只要日子过得稍稍滋润了几年，他们是很愿意与这神融和在一起同乐的。

这融和的日子就是"护国随粮王金七老爷"庙会，西塘镇把它定在了农历四月初三日。

四月初三正该是个春阳普照，花开正红的日子。"粮王"原本就是个大活人的升华，因此这一日"粮王"也就完全拟人化了。镇上的人这一日将"粮王""金七老爷"的塑像请出来，坐上轿子"出巡"。因"粮王金七"是个王，所以"出巡"的一切排场，都比照着百姓们心目中"王"的排场来安排。是时衙役跟班共有红、绿、黄、白、黑五大营，为其开道的开道，紧随的紧随，各色的锦旗遮天蔽日。这共有一千多人的队伍抬着"粮王"的轿子先去乡间一走，逛逛春景，而后就回到镇上照一定的路线巡视，让这神视察西塘镇哪里又新增了一家店，哪处又起了一处房，河岸如何，物市又如何。那个时辰，西塘镇真可谓人头攒动，万巷人空，热闹非凡了。因"粮王"既然是人就有走累的时候，西塘人当然是想到了，所以早就搭好了几处"社棚"，让"粮王"进去歇着，谓之曰，"坐社"。如此轰轰烈烈让"粮王"与民同乐了一天，晚上才将他老人家送回到位于塔湾街的庙里去。

然而老百姓依然意犹未尽。

"粮王金七老爷"不是辛苦了一天吗？百姓们当然是要酬谢慰劳他一番的。接下来的三天，就在庙东的场地上搭台，特请京班演戏三台用以"酬神"，于是一镇的百姓就都来陪"粮王"看戏了。

这几日，是民众的节日，神与百姓同乐，犹如乳水交融，这便是在农耕社会里我们这个民族性情的又一种。没有神，心里就会显得空落落地不踏实，然而百姓只要把日子过好了，却又并不愿把神看得天不可测，敬奉它也并不只是为了匍匐地去叩头。百姓其实是很愿意将神平民化，拟人化了的，只要有可能就找出种种借口，利用种种形式，来与神共同地欢乐一番。

"神"在中国往往被搞得高不可攀神秘莫测，其实并不是老百姓的全意，而是那些另有需要人的，一种有意识的借助与误导罢了。

坐落在西塘镇塔湾街尾部的"金七老爷庙"，原本就应是这样一个韵味悠扬的地方，因为它里面供奉着一个地方独有的神，同时又是个老百姓心里的神。因此把这里称之为西塘的一处胜景，当不为过。

## 圣 堂
### ——西塘随想之六

### （一）

"圣堂"距塘东街不远，地处烧香港北的中段。三开间门面，两进，格局并不大，里面供奉的是武圣关云长。

西塘小镇已经有了座"金七老爷"的"护国随粮王庙"了，现在又来一处"圣堂"是不是有点拥挤，嫌多了？

### （二）

其实这"圣堂"初建于明代，比清代康熙年间才确定出现的"金七老爷庙"要早许多年。这"圣堂"原来也不叫"圣堂"，而是明代一个叫庞尚鹏巡按的祠堂。祠堂，用现在的话来说，就是这个

## 东篱下

人的纪念馆，是为了叫后人记住他的事迹或是功劳，以存永远的。但到了清代康熙初年，改朝换代了，里面再祭祀着前朝一个与大清政治利害关系不大，利用价值也不大的官员，显得不合时宜。于是庞尚鹏便被迁了出来，他的事迹也就随之被淹没在了历史的一片汪洋大海之中。但"黄鹤一去不复返"，此地毕竟空余了黄鹤楼，庞尚鹏腾出的房子白白空着也可惜，那么将"金七老爷"趁势请进来？西塘人又不愿意，"金七老爷"是用自己的一条命换来了无数人的命，岂能贡进他人的旧舍？不行，一定要造新的，更加气派的。于是庞尚鹏这个前朝巡按的纪念馆就成了"静觉庵"，里面住起了尼姑。

又过了不多久，大约是觉得镇的中心放着一座尼姑庵终究不大妥当，想来想去就迁出了尼姑，把关云长请了进来。不是么，关云长在民间威信非凡，供奉"武圣"就是要企求他老人家能保护地方。同时，关云长跟满清也没有什么恩怨。

于是西塘古镇，这就有了两座需要贡奉祭祀的地方。一座"金七老爷"的"护国随粮王庙"，另一座"武圣关云长"的"圣堂"。这对于当年处于水乡深处，格外追求地方太平的西塘人来说，一下子就等于在心理上，上了双保险了。

事情在冥冥之中变得妙不可言。就是这样一个看似缥缈的希望，一个看似遥不可及的寄托与企求，过了大约两百年后，还真的变成了现实。

二百年后的清咸丰十年（1860年），太平军在忠王李秀成的率领下二破江南大营，攻下江南后，在苏州建立起了太平天国的苏福省。从该年七月到清同治二年（1863年）年底，太平军共在西塘驻扎了二年半。其间在西塘附近发生大战数起，当年哪怕只要有一次被乱兵袭扰，这座充满木质建筑的小镇被毁于一旦，那是必然的。但，驻进西塘小镇的太平军将领，恰恰姓关。不但姓关，而且此人坚定地以为他就是关云长的嫡系后代，于是事情在这上头，就变得好玩起来。从零星的资料上，我寻觅到了这位太平天国后期关姓将领的一些踪影。这人对于当年已是尸横遍野，千里几无人烟的江南，能在西塘镇中心见到一座供奉着他祖先武圣关云长的"圣堂"，感动万分。据说在他驻守西塘期间，还将"圣堂"重新修缮了一次。同时严厉约束他的部队在西塘安分守己，把保护地方当成了己任。有次其他太平军部队路过西塘，此关姓将领竟然率部拦在岸边，不许他们登岸就食，并纵容西塘百姓痛骂路过的太平军为烧杀抢掠的"野长毛"，胆子也是够大的。

太平军在西塘一共驻扎了两年半，先向东攻上海而不下，接着便是相持与退守直至最终的失败。太平军的这位关姓将领，肯定是经历了这一最后悲剧的全过程，因此据说他每逢出战，都要沐浴后到"圣堂"来烧香，以祈求先祖"武圣"关云长的保佑。然而关云长没能使得他与整个太平天国最终免于失败，但却通过他，使得西塘当年这个几乎是处于战争旋涡中心的地方，没有毁于战火而平安地保存了下来。

这就使以后的人不得不把这位太平天国的关姓将领，与"圣堂"里的关云长联系了起来。祖先与后裔，相得益彰，在西塘被传颂着，成为美谈。

于是西塘镇"圣堂"里的关老爷，也和"护国随粮王庙"里的"金七老爷"一样，都成了西塘地方的保护神。

## （三）

事情说到这里，恐怕我们已经把前面提到的庞尚鹏忘掉了吧？

庞尚鹏官也做得不小，已经是个明代的巡按了。为他建祠，也就是纪念馆，那不是说建就能建的，需有审批手续，是要最终得到朝廷批准的。朝廷既然批准为他建祠，说明他当年也有过人的地方，我一点点也不想否认他。但有意思的是，既然建了祠堂，为什么后人还没记住他？反而记住了"金七老爷"和关云长那个当了太平军将领的后代呢？

想想在一个地方，一代又一代，官们十几年，几年，一两年，有的甚至几个月就是一任，走马灯一样，即便是个好官清官，也如行云流水一般太多了，寻常时日治理地方再好的事迹，即便轰动一时，说到底也是他为官的寻常事，为官的本分了，即使是建了祠堂，但一旦将之浸泡在历史的浩荡长河之中，也很快就会沉淀消失得难觅踪影了，就算偶尔留下了一两个名字，意思又有几何呢？

在民间对于未来的事物，总怀着某种美好的向往与追求，于是把这份向往与追求，就寄托在了祠堂里，这应该是事情十分温情的一方面。

另一方面便就显得冷酷了，因为建祠，其实还反映了一个时代的是非标准，道德标准。是非道德标准一变，首当其冲面对的，就是这些祠堂，这些带有纪念性质的建筑了。在清末平定了太平天国之后，为立有赫赫战功的湘军、淮军将领们建立的祠堂几乎遍及大江南北的角角落落，几十年后不过被辛亥革命的劲风一吹，就几乎消失殆尽了。而在明代为建祠，还闹过大笑话，历史上著名的权奸魏忠贤、刘谨之流，已经把大明天下搞得天怒人怨了，人活着，却还想着要为自己建立生祠，结果不得好死，人一死，他们的所谓生祠，也就在一夜之间统统被扒掉了……

回首翘望，历史上真正能留下来的祠堂与纪念馆，其实最终都不是太多。若能早点预知到他们后来的命运，建的时候取一种慎之又慎的态度，就好了。当然，今天建了就是为了今天，明天怎么样就叫烦不了了，那，就完全是另一回事了……

还是回头说说西塘镇的"圣堂"吧。每年春节期间人们都要在"圣堂"的前面举行庙会，游玩购物，同时前来为"关老爷"进香。进香的人从除夕夜到大年初一，能把香从"圣堂"里，一直烧到对面的小河旁。

那条小河也就渐渐被称之为"烧香港"了……

东篱下

## 穿越弄堂
——西塘随想之七

# （一）

我虽从南京来，一开始对于江南地方什么是"弄堂"，什么是"陪弄"还真弄不大清楚。自从钻过"陪弄"又穿过"弄堂"后，这才有些明白了。

往最简单明白处说，"陪弄"是有屋顶的，它更加私人一些，而"弄堂"没有顶，属于路的范畴，更应是个公走公用的地方。

"弄堂"也好，"陪弄"也罢，在大城市都已是不多见的了。江南地方过去有句俗话，叫作"邻居高打墙，亲戚远来香"，弄堂其实就是两边相邻宅邸所划出的一道地界，这高打的墙究竟有多高，走进西塘的弄堂，你就明白了。它们以很高很危耸的姿态，从弄堂的两边对峙着逼视着，因此把下面穿行而过的弄堂变成了一道深深的峡谷。路人穿行其间，前头的路望不到头，显得逼窄而狭长，就给人一种"路漫漫其修远兮"的感叹；若把头再抬起来望望天，天便成了飘忽在头顶上方的一条线了。

西塘的弄堂共有122条，主要的有16条，仅此16条就已长达近两千米。而百米以上长度的计有苏家弄、叶家弄、计家弄与石皮弄，其中又以石皮弄最窄，宽度只0.8米。在这里如果两人相遇了，"狭路相逢勇者胜"行不通，必须礼让。所谓礼让，就是脸对着脸，肚皮贴着肚皮地擦肩而过。不这么着，就只有背靠着背了。

其实这里能够给人以特别味道的，还在于这些弄堂大多南北走向，与小镇外围几条东西而过的街道通连着，为古镇编织了一套独具个性的交通网络。

## （二）

我第一次穿越弄堂，完全是一种无意。

那是从"种福堂"出来以后，要买烟又一下子找不到店，只好翻开地图来看。首先弄清楚了自己所在的地方，而后又找到了我熟悉的那条邮电路。那里肯定是会有烟卖的，于是走几步折进了苏家弄。

苏家弄这弄堂大约比两人稍宽一些，两侧青砖小瓦马头墙，墙上的石灰斑斑驳驳，在湿漉漉的空气中长出的苔藓，早已把那墙上涂成了暗绿色，给人的感觉，很久远了。这情形这气氛，很适合独自一人在这里穿行，可以享受内心的孤独，也可以享受内心的怡然。脚下的步履声不时从青石板的路上传来，一声声，似在与我倾诉交谈着。

东篱下

然而渐渐就听见了远远的市声，那声音起先是从前头缥缥缈缈传来的，随着前行也就越来越显出了人声的鼎沸与车马的喧嚣了。

急走几步一下子来到这弄堂的另一头，放眼望去满眼都是发廊、酒家、立在街边的灯箱广告和拉在街道上方五彩缤纷的横幅，这一切还和着那商家们声嘶力竭的叫卖声。这是那里？我仔细地辨认着，好像是邮电路。不由得我深深地吸了一口气，也就是三五分钟的时间吧，好像一下子就从一个世界，来到了另一个世界。

熟悉的邮电路啊，怎么变得熟悉而又陌生了？

这个感觉太奇妙了！

## （三）

买了烟也顾不上吸一口，就又急匆匆地从另一条叶家弄钻了进去。

朝着这西塘古镇的腹地走，我必须紧紧抓住这种感觉，这种奇妙。喧嚣的市声渐渐地远了，感觉与出来时正好反过来，越走越趋向于宁静，有风从弄堂的那头轻轻地吹过来，一种古朴的气息仿佛也随着轻风在我的脸上拂过，于是感觉中刚才的一切都在随着这风远去，远去……人在陶醉中似乎有些恍惚。然而一旦站在了这弄堂口的西街上，我还是半张着嘴四顾而望，说不出话来。

这西街仿佛是世界的另一面，也仿佛是时间的另一头。

这里店门口的墙边，都竖摞着发黄透着木纹本色的门板，这里店铺的柜台，又多是曲尺形的，是那种小孩子来沽酒，要仰着头踮起脚尖朝上递着酒壶，而掌柜的却要双手撑着柜台俯身朝下看的那种，就连这里做生意的人也一律都操持着乡音，缓声细气，满脸洋溢着淳和的笑意。买卖的东西，古董、木器、五香豆、回卤干、云片糕以及酱红色的猪肘子，还有一坛一坛堆在店里的老黄酒……这又是到了什么地方？我清醒着，我却又完完全全地疑惑着。

冬日里的早晨，西塘古镇的西街上甚为清冷，只我一个人孤零零地站着。

我抬头朝上看，两边是一色的木楼贴得很近，木扁的店招牌，布质的酒幌……真的有些迷惑了，这里的一切都刷着明清时代的锈色，我真的一脚又跨进明朝或是清朝了？我想起了我在巷子那头买的烟，连忙掏出来看看，南京牌，十五块一包，没错；连带出来的钱也是人民币，两块的，五块的，拾块的，绝不是眼前一串一串挂在店门口的铜钱康熙通宝之类。

真的，这是一种完完全全错了位的感觉，好像是在莫名其妙之间，我又来到了另一个世界。

我要充分地享受这另一个世界。我后退几步，就席地坐在了店门前的青石台阶上，看着眼前的一切，又点起了一支烟。深深地吸一口，又慢悠悠地吐出来，在烟雾的缭绕与迷蒙之中，眼前是古代的，手里是现代的，似乎太值得玩味了。这时有位老者喊我，一望他竟给我递过了一张竹凳来，邀我坐，有个要与我攀谈攀谈的意思。我很感激，但我怕一说起来就讲到今天，感觉上穿了邦，于是望他笑笑，起身拔腿就走。

走也不是乱走的，我又钻进了弄堂。

跑到了弄堂的那一头，我便又回到了现代；返过来又跑到了弄堂的这一头，我又来到了古代。这一上午，我在这些弄堂里来来回回地走了少说也有四五趟，一种奇妙的趣味和愉悦包围着我，紧随着我。一会儿今天，一会儿又到了昨天；一会儿是现代，一会儿又到了清代或是明代。这里的弄堂,它把自古至今的两个世界,只用短短的三四分钟时间,就给两厢沟通了。

这哪里是什么弄堂,这简直就是一条奇异的时空隧道了。

## (四)

那天直到吃午饭时,我的那种前所未有的愉悦的心情才逐渐归于平复。

我想,现在这小镇的格局与结构,是奇特与微妙的。它的外面沿邮电路那一层现代的建筑如同一只蛋壳,完好地将小镇中心如同蛋黄般的一片古建筑,完好地包裹保护了起来,同时又巧妙地利用了古弄堂,将两边相连着。

客观地说,这是一出大手笔。它的形成,我想不外乎有两种可能。一是出于无意,镇外的地价低,建筑成本也低,于是就尽先在镇外开发起来。那样,这小镇现有的格局,便是件"天作之合"的事。二是这里的头头有远见,小镇在上世纪八九十年代开始发展的时候,虽然旅游的、第三产业的概念还淡薄得微乎其微,但却已在建设规划小镇时,有意无意地留着了一手……

# 卧龙桥随想
## ——西塘随想之八

## （一）

西塘古镇的尽北头，有座造型优美而高大的石拱桥，卧龙桥。

西塘河两边的廊棚一直伸展到这里，似乎在极力地环护着它。此桥起初为木质，到了清代康熙年间重建成了现在的模样。

这桥的建造，是因了清代一个叫广缘的和尚。此和尚因见行人过简陋的木桥不安全，还曾亲见一个孕妇掉进河里被淹死了，便发誓要修一座石头的桥。于是千辛万苦地化缘，石桥也就渐渐地造了起来。可就在这桥将近完工时，广缘和尚却积劳成疾，病死了；这时最后的一船石料，也运来了。广缘和尚为了造石桥常年喝凉水吃剩饭，是人所共知的事。但他对造桥，又一向十分地讲究信誉，是从不欠钱的。石料商人守着一船石料很着急，不得已打开了广缘和尚拖着病体最后向他订购石料时，信誓旦旦抵押给他的一个包袱。包袱左一层右一层地被当众打开，发现里面包裹着的却是一双破僧鞋。广缘和尚在最后一次的交道中骗了石料商人，然而这个石料商却被深深地感动了。广缘和尚是在用生命与一生信誉作了最后的骗取，却又不是为了自己。为广缘和尚而想，此举又是多么地不得已而显得悲壮了。

于是此商人将一船石料，都送给了死去了的广缘和尚与还活着的西塘人，分文不取。

于是在这卧龙桥高大桥拱两侧便就刻石为志，"修数百年崎岖之路，造千万人往来之桥。"于是这样一个感人的故事，便也就在西塘镇永远地流传了下来。

然而这样修桥铺路的故事，在旧时的江南大地上也实在是太多了，就像这水乡河网里的水一样四处流溢，似乎还远远构不成独特。

## （二）

于是我在这桥上桥下，上去下来，思索着，探寻着。

我记起了在西塘的资料中有这么一则记载，说太平天国时的忠王李秀成，曾站立在这卧龙桥上指挥过对清军的战斗。这就有点意思了。

西塘镇是个窝在水乡深处的地方，掐指算算二三千年以来，金国对宋的征伐，元朝消灭南宋的战争，以及后来明末清初清军的南下，战争从来都是在这里擦肩而过，而只有到了这太平天国时，战争这才是唯一一次确确实实波及了这水乡。

西塘镇东去不远就是上海的青浦。太平天国后期，太平军曾在虹桥与淞江一带会攻上海，与清军几十万人的血战，尸横遍野。李秀成站在卧龙桥上督战，究竟是在攻打上海之前还是之后已无可考，但不论前后，李秀成的心情都轻松不下来则是肯定的，因为他的天王已在南京将棋几乎都走死了。太平军攻入南京后没有挥师北上，拱手将喘息的机会送给了满清不算，急于称王后又闹出了一连串的内讧，自相残杀使得南京城里血流成河。形势急转直下，太平天国很快进入了它的后期，天王洪秀全此时已不相信任何人，封了无数个同姓与异姓的"王"相互牵制，用李秀成显然是势不得已。而此时唯有李秀成与在安徽的陈玉成独木支于大厦，太平天国的势头早已是危乎其危了。李秀成此时即便攻下了上海又如何？攻不下向后退就更是绝路一条了，整个太平天国的灭亡已仅仅是个时间的问题。这时他站在这卧龙桥上，不论是向东望还是向西望，急得五内俱焚是完全可以想见的事。

我曾看过李秀成被捉后写的那篇《李秀成自述》，在这篇仅数万字的自述中错别字连篇，这就足以说明其人原本的文化水平并不高。但文化不高，又绝不影响他将这最后的绝笔，写得思路清晰而又文通理顺。文化不高是大多数马背上将领的一大特色，这完全不影响他们日后成为名垂史册的军事大家，李秀成亦如是。在攻上海之前，为解南京之围，李秀成不从包围南京的清军江南大营下手，而是猛攻杭州，攻下杭州后乘江南大营拔营起寨来援之时，数百里地返身一个长途奔袭，将江南大军的清军打得溃不成军。这就是军事上的大手笔，这样的战例在他的身上多了，几乎篇篇都是经典。但这依然挽救不了太平天国的颓势，因此他在久攻上海而不下时，只能站在这西塘镇的卧龙桥上，为无力回天而浩叹连连了。

有几乎是绝代的军事家,而不能避免最终的失败,这无疑是太平天国的悲剧。洪秀全以"拜上帝会"名义起义,虽说是引进的洋教,但并不影响他进城后急着要当中国传统意义上的皇帝,因此为当皇帝而引发"杨韦内讧"就是必然的事,为造天王府而拆了明故宫,也在情理之中了。那洋教此时又被本土化了,大多被用之于士兵与百姓,平时不许男女交往,把士兵分成"男营""女营"不说,甚至连夫妻都不许相会,而当官的却以官的大小分老婆,天王的宫中则更是美女如云。订了个《天朝田亩制度》,只顾着自己享受就并不急着实行,其结果也只不过一纸空文而已。这些或多或少都反映了太平天国失败的深层原因,李秀成在这样的大背景下洁身自好是不可能的。有一张外国人为李秀成画的像,虽为复制品,但也可从中看出其头上的所戴,金冠巍峨,锦缎一身,飘洒而流溢。在苏州他将整个一座忠王府修建得金碧辉煌,"拙政园"不过就是他府邸的后花园而已。就连李鸿章这位进过京城出入皇宫,见过大世面的人,打进苏州城后见了也为之惊叹得直吐舌头说,"奢华如此,叹为观止,如此不败便无道理了。"

李鸿章的是与非是一回事,但他说的这句话,不能说没有道理。

## (三)

想到了这些,我摸出一支烟点燃,便就坐在桥边的石栏上悠悠地抽起来。

好没来由,我想起了毛泽东也是抽烟的。对,毛泽东抽烟,并且从井冈山二万五千里一直抽到延安,又一直抽进了北京城。这就有些意思了。那么他老人家在即将取得大胜,抽着烟一路进北京时到底想了些什么？他那时坐在吉普车中一路都在对那些开国元勋们说，"我们现在是进京赶考去！"明末的李自成打进过北京，近代的洪秀全打进过南京，殷鉴都不太远，历史的教训太深刻了！应该说毛泽东进京后向历史交出的考卷太出色了，谦虚谨慎，戒骄戒躁，防腐防变，不是有共产党人进城后就被花花世界迷住了眼，腐化变质了么？那么你坏我的事，我就杀你的头！张子善刘青山这样的高级干部，只要贪污了照样枪毙。一时间全国为之肃然，共产党的干部一律清廉。另外，建国之初"乱世宜用重典"，"三反五反"运动一个接着一个，就连西塘这样的水乡小镇，也一下子枪毙了恶霸反革命四人，抓了三十五人，一个朝气蓬勃的新中国就这样如同朝阳，升起来了。

写到这些，你对毛泽东不佩服，那是不行的。

## （四）

扔掉烟头。我如释重负般地站了起来，向着卧龙桥下望去。

这里河房临流，河水清悠，桥南不远便就是郊野了。时已到了冬季，郊野的河道里却依然是一片"接天荷叶无穷碧"的景象，可惜这不是莲荷，而是一种叫"水葫芦"的东西。

我这才注意到卧龙桥下是修起了铁栅栏的。它的功能好像并不单单是为了阻挡运输船只进出的，它的存在，还是为了阻止"水葫芦"们向小镇里水道的漫延与侵袭。

这镇外的河道，已被"水葫芦"们侵占得看不见一点儿水的痕迹了，几艘农船在这里调头，屁股上冒着一串串黑烟，似在一片泥淖中声嘶力竭地挣扎着……陪我的小褚曾对我说过，为了保护旅

## 东篱下

游的环境,将这"水葫芦"清出去,镇上每年都要拉网清几次,但稍有不慎漏掉了哪怕一两棵,不几天便又是连天的一大片。其实我更知道,这"水葫芦"在浙江、江苏、安徽一直到云南的滇池,在几乎大半个中国,它们都在斩不尽杀不绝地疯长着,已经成为一种令人无可奈何的公害了。这是件叫人哭笑不得的事,因为它原本是件洋玩意儿,并不生长在中国,公正地说它们当年是中国请来的客人。请来干什么?喂猪。

说来也有趣,现在人的生活穿什么有什么,吃什么有什么,不知道东西怎么这么多。可是当年在"文革"时期,人们却是想吃什么没什么,又哪来的东西喂猪呢?也是毛主席他老人家好心,想要给全国人民都吃上肉,于是发出了"大养其猪"的号召。猪当然是不能吃粮的,人吃猪才是道理,于是就不远万里从南美的巴西请来了这专给猪吃的"水葫芦"。"水葫芦"才来时可娇贵了,并不适应中国的环境,我那时插队农村曾经养过两年"水葫芦",主要是这玩意儿怕冷,过冬特别的不易。那时我们知青科学种田,开动脑筋在靠近水边又是向阳的土坡上挖洞,里面放水,白天让它能晒到太阳,晚上再在洞口塞上稻草,以使它过了冬以后茁壮地成长起来喂猪。

后来我回城了,对"水葫芦"们的后来便就不得而知,谁想"士别三日须当刮目相看",现在竟然是如此这般了。

这"水葫芦"们壮大了后用来养猪,这才知道它的营养价值其实有限,它没让猪肉长出多少,却在适应了中国的生长环境后,早已漫无顾忌地生长开来。为什么在原产地巴西不会如此?而到了中国竟是如此的疯狂?因为在巴西水生而又是速长的东西太多,它受到了天敌的制约,所以只能与周围的环境达成一种和谐而共生。而在中国，它只要克服怕着凉这样一个毛病，其余就对它没有了任何的约束，于是便如鱼进了汪洋大海一般，能把侵占中国所有水面的狂想曲变成现实，它又何乐而不为呢？

这里能叫人回味的东西太多了，外来的洋玩意儿引进到中国，看来一定要有制约，不然就有可能造成意想不到的灾难。且不论这是物质上的，还是文化思想方面的。

这就是在卧龙桥上随想到的又一种，似乎有点莫名其妙了。

不过如果西塘镇也来得潇洒一点，将这卧龙桥外的"水葫芦"也作为一景，标而记之，那个意味就格外地深长了……

东篱下

## "西园"与"南社"
——西塘随想之九

西园在西塘镇西街的中段上，相距"种福堂"不远。其实江南以至杭嘉湖平原一带，过去深宅大院里留下的园子多了，与之相比，西园是并不怎么起眼的，再说，此"西园"已非彼"西园"，是西塘镇后来重新修造的。

我对西园是否为原件并不顶针，因为这里还保留着一张名之曰《西园第二雅集图》的照片，是1920年柳亚子初到西塘时与当地南社社员雅集时的合影。那么第一雅集图在哪里？那就远了去了，在北宋。北宋时一些著名文人如一代书法宗师米芾、大诗人黄庭坚等也曾在一个叫西园的地方雅集过，那时没有摄影技术，所以留下了一张画以纪其盛。至于那个西园在哪里，早已就无迹可考了。而柳亚子等一千多年后把他们在另一个西园里的聚会，自比为西园雅集的第二，其自得，其不拘泥，其试看当今之天下，舍我其谁的心态，由此可见一斑。

从西园正门进去，转过一照壁，一所大园子蓦然出现在眼前，粉白而略显斑驳的古墙下堆起了假山，山上构起回廊，曲径而通幽。园中有池倚假山蜿蜒，数株古木矗立池边，又有几丛修竹在池旁弄影，清风徐来时，满耳便是瑟索之声了。因有《西园第二雅集图》的照片在，所以将眼前的一山一石一水与之比照，竟与昔日的"西园"了无差别。

在这里留影的，除柳亚子而外都是当时西塘镇的南社成员。

南社，是柳亚子于1909年发起成立的，一个反对满清封建专制的文学社团，初时社员不过区区七人，辛亥革命后十年时间，发展到了一千多人。以文学结社为名集合在一起，吟诗唱和，针砭时弊，激扬文字，从而反对封建专制，这应是时代的风气使之然。

经过西方列强半个多世纪用炮舰的强行入侵，随着上海以及沿海的开埠，西方的先进技术连同各种思想潮流一齐涌进了中国，造成了清末民初这样一个风云激荡的大时代。中国历来的改朝换代，大多伴随着造成饥荒的赤地千里，伴随着民无活路的揭竿而起。但一个王朝的终结与一个朝代的开元，不过仅仅是换了个皇帝而已。辛亥革命与过去农民起义的不同在于，时代的大背景完全变了，而起来造反的已不再是农民，其骨干几乎是清一色的知识分子。南社的意义不在于它在反对封建专制的辛亥革命中起了多大作用，而在于有这样一群知识分子，在中国江南这个历来最为安定的首富之区，在这只金盆子里，竟然吟唱起了反叛的歌。

《西园雅集第二地图》这张照片虽拍于1920年，却是对南社在辛亥革命中的一个回眸。从中我们可以看到，这些试图造反的人并不满面饥色衣衫褴褛，他们都衣冠楚楚温文尔雅，他们的生活在当时都很优裕，他们从某种意义上说，是些一边喝着酒，一边吟着诗，一边还想着造反的人。但就是这样一群人却又并不怕毁家杀头，他们义无反顾地和辛亥革命前后那个大时代，共同着呼吸。试想如果光有孙中山、黄兴拿刀弄枪奔走呼号于外，而无柳亚子们在地方上激越弹唱与之应和，那么这革命就会显得身单力薄了。于是我们在这张照片中仿佛看到，当年西塘南社社友余十眉等人和着节拍踏歌而来：

世乱不闻广武叹，岩深应作考槃歌。
小园赋罢兰成考，谁渭中原奋鲁戈？

在八九位社友的吟和之间，柳亚子的和更是一鸣惊人：

荒唐乱世英雄语，恻苍空山薜荔歌。
横槊曹瞒休更问，负他铁马与金戈。

诗中韵律铿锵，而金戈铁马似已是隐隐可见了。

满清王朝当年就是处在这样一种氛围之中。为了挽回败局，它当然是要极尽挣扎的。当年清政府在全国编练了十三镇（师）新军，也想试图用现代的军事技术来支撑起这将倾的大厦。然而必然的因素就在这里，要掌握现代的军事技术，就要有新兴的知识分子，因此在新军中知识阶层始终占据着主导的地位，因此由新军首先发动"武昌起义"，而全国各省的新军几乎在短短几个月内，纷纷起来造反响应，也就完全不足为怪了。一个王朝如果笼络或镇压不住文人，它的时日想必已是屈指可数了。

大清国的摄政王兼总理大臣，小皇帝的父亲摄政王载沣，此时却在他的书房里挂起了这样一副对联,"有书真富贵,无事小神仙。"一个王朝到了这最后的关头,总理王大臣想的不是挽狂澜于既倒,而是渴望着"躲进小楼成一统",我想,除了自身的腐败而外,恐怕他也已感到"落花流水春去也"无可奈何了。如果将这副对联与柳亚子们的浩荡长歌两相比照,其中气韵已是天壤之别。

满清这个王朝已是怯到了骨子里,不倒,似乎已经没有任何理由了。

一所园子再怎么不同,不过是过客眼中的风景,一览而过看得多了,大同小异便就可能混同;而人文历史背景则是它的灵魂,记住了它的灵魂,那么它的形象留在脑海中,便是怎么也挥之不去的。

在这点上,西园便就显出了它坚强的个性与灵魂。

东篱下

# 廊棚文化
## ——西塘随想之十一

廊棚是西塘古镇建筑的一个代表作。

廊棚其实是西塘镇上的公共建筑。700 余米的长度，大约有从南京珠江路一直通到新街口的距离了。

廊棚依河而建，沿河而走的，它在西塘古镇东西横贯，南北翩翩地徘徊着。它犹如一首歌，唱得时而高扬时而低回，乐声袅袅连绵不绝。河水缓缓似在为它抚琴，雨击棚顶又像在为它弹筝，而长风从廊下穿过，却又如在为它吹奏起了悠长的牧笛。廊棚从临河的数百家门前经过，虽为各家出资所建，然而式样却又和谐统一，这在江南以至全国，恐怕也是绝无仅有的了。它如一首谱好的曲子，经过任何一家的门口，填出的歌词却又不同。这里不妨先哼两首民间的歌，它们是有关于廊棚起源的。

西塘原先并无廊棚，后来有一做生意的人家，在临河的街上搭了个棚子。在一疾风骤雨的晚上来了一个乞丐在棚下躲雨，这家主人深夜里热心地为他送来了衣食,以避免这乞丐因饥寒而死。谁知这乞丐为仙人所扮,是特意来试探这家人心善与否的。这是场神仙对凡人的考试,凡人通过了。于是这家的生意便突然火红了起来。又于是邻里竞相效仿。还有一个就有关于爱情了,说的是一个年轻的寡妇,开了爿三开间门面的铺子,而她铺子前的河边上,有一个卖水磨豆腐的人,很穷却年轻厚道,见这寡妇艰难,就经常帮助她做些体力活,寡妇便对他很有点意思,却又难以启齿。于是这寡妇煞费苦心地想出了一个办法,就是借修缮店铺之机,在门前搭起了棚子。棚子搭好,那年轻人与这年轻寡妇就同处在一方屋檐下,成为一家人也就是很自然的事了。这是为郎而搭建的棚,于是就郎棚郎棚的成其为廊棚了。正因为这家搭起了廊棚,可以为过客与四乡来的农民遮阳避雨,人气旺了起来,所以生意也就特别的好,因此引得邻里纷纷仿效,由是就有了西塘蔚成大观的廊棚。

　　这是民间的俚曲,那么现在还是让我们来听一首高山流水,或是阳春白雪似的诵唱吧。西塘镇文人很多,对于文学、绘画与书法,都有着丰厚的造诣。他们处在小镇的环境中相聚而"雅集",大约是经常的事,十分地令人心驰神往了。试想着中午少饮了一些酒,又小睡了一阵过后起身,外面正下着春末夏初时大时小的雨,却忽地兴之所至想要会会友,切磋一下午睡时忽然所得的,对于书法或是绘画的感受。那么连伞也不需带,晃荡着身子就可以出门了。出门后站在廊棚下,首先听见的就是一世界沙啦啦的雨声,而后看见的便是从廊棚檐落下来的,一串串水晶珠子似的垂挂着的雨帘。雨帘沿着廊棚,随着河岸向远处伸展着,落在河里,叮咚之声时而清晰时而却又显得含糊。而此时的河道中,早已是另一番的喧忙了,河水已被雨点击打得好像有些沸腾着,于是河面上仿佛长起

## 东篱下

了一层雾，有风吹过，这层雾便在河道里忽东忽西地回旋着……在这样的雨中行走在廊棚下，安步当车，可遇而不可求的正是一份好心情。走上也有廊棚相连着的高高的来凤桥，一时间眼界便放得宽展起来，兴之所至，一首苏东坡关于春雨的词，便就是脱口而出了：

春未老，风细柳斜斜。试上超然台上看，半壕春水一城花，烟雨暗千家。

寒食后，酒醒却咨嗟。休对故人思故国，且将新火试新茶，诗酒趁年华。

于是想到，酒醒了口有点儿渴，朋友家的"新火"不缺，该会拿出什么样的新茶来试泡呢？忽地又有些后悔，家里刚刚来的新茶"碧螺春"，因走得仓促，竟然忘记给朋友捎上些了。

曲子听过了，虽然雅俗各有不同，但韵律却都流畅而清新，在这袅袅的余音中我的思绪却在同里、南浔与西塘之间的廊棚之间穿行徘徊着。同是古镇的同里与南浔，廊棚是断断续续的，长也不过百十来米吧？式样风格也不尽统一，有的宽敞明亮，有的窄小低矮，廊棚在那里从一家家的门前经过，一眼望去，昔日的贵贱贫富，已是泾渭分明了。

廊棚在西塘古镇，显出的是平民本色，表达的是一个地方的性情。

西塘这地方是比较富裕的，民众的心态又都比较的平和。这里地处水乡的深处，距苏州、杭州、上海虽都不太远，过去却因陆路不通，所以豪商巨富以及军政界的人物，因了交通的不便是不会把退隐之地选在这里的。即便有一两个看中了，也会因找不着相谈的同类而舍弃了这里。利弊相较，利大于弊，这为西塘古镇创造了难得的平和。试想，这里假如有了同里任兰生的"退思园"，有了周庄沈万三的"沈园"，有了南浔张静江们的连片的豪宅，那将是一个什么情景？围墙高起，想隐也隐不住内里的豪扩，门前的廊棚再怎么低调，也会显出不同于百姓的气势来。那就如一个"大款"硬是挤在了一群百姓之中，怎么看也就怎么显得碍眼了。于是表现在小镇的廊棚上，廊棚也就会变得忽高忽低，忽宽忽窄，忽破忽新的了……

　　我带着这样的认知，重又漫步在西塘的廊棚下。身边的河水在一侧缓缓地流淌着，廊棚倒映在水中随波荡漾，与这岸上的浑然成了一体，给人一种亦真亦幻而又散淡悠闲的感觉……

　　西塘的廊棚，表现出的是一种整体和谐的美。

东篱下

# 一个并不过时的笑话"称土"
## ——西塘随想之十二

## （一）

明代的大旅行家徐霞客，他游走到西塘时说了句"此一大镇焉"，由此看来早在明初，西塘便已形成了一个洋洋洒洒的大镇。为了做到有效的治理，设县，便已成为朝廷迫在眉睫的事。当时这一带有两个大镇都极具魅力，一个西塘，一个魏塘。

魏塘在西塘往南，相去十八华里。

县城设在哪里，哪里就会成为一方的政治、经济、文化中心，规格上了档次不说，朝廷与民间的投资便会蜂拥而至，人气与财气立时就会升了上去。因此，一场选当县城驻地的竞争当年十分激烈。起先西塘以它当时的规模、人口、物产和所缴的赋税，均占了上上风。初议的结果是，将县城"建治本镇（西塘）"。可向南十八华里的魏塘不干,一层层地告上去,百折不挠一直告到了北京的朝廷,这个动静可就闹大了。朝廷只好于明宣德五年,派了一个专管刑狱的部级高官大理寺卿胡概,来处理这件事。

# (二)

这个胡概作为钦差大臣一到了西塘地方,几乎就有点胡搞的意思,西塘与魏塘不是公说公有理,婆说婆有理吗?他来坐堂便就谁的也不听,一概而论地拿出了一个看似不偏不倚,却又荒唐至极的办法,"称土"。将西塘的一抔土,魏塘的一抔土,都拿秤来称称,哪的重,县城就设在那里。这简直就和红楼梦里"葫芦僧乱判葫芦案"同出一辙了。

"称土"的结果,魏塘的重,于是县治就设在了魏塘,于是魏塘的名字也就改成了沿用至今的嘉善县。于是西塘人就将这则史事,当成了笑话,用一种极为嘲讽与愤懑的语调一直传说到了今天。

为这个笑话,我曾请教过《西塘镇志》编撰者之一的王世霖先生,他只说了句,"魏塘靠近驿道。"我一听就觉得不虚此行,有点明白了。

在更先进的科学技术还没出现前,水乡的文明是更注重于守成的,它可能孕育出非常优雅但却是文质彬彬的文化,它的文明流溢在河道里,是承载在轻舟慢船之上的。与之相比,草原上的文明驮负在马背上,它的文化可能落后,但它强悍,风驰电掣。蒙元时成吉思汗的铁骑横扫欧亚大陆,所到之处城倾屋催一片平地,至今也还有人将其称之"黄祸",谈虎而色变了。中原的文明得益于道路的纵横便捷,信息易于畅达,文化便于交流,农耕与商贸兼顾,攻守平衡。它是一种装在车轮子上的文明。

当年的西塘虽富甲一方，但地处水乡的中央，而魏塘却与松江府（今上海境内）、嘉兴与杭州靠得更近，并有驿道相连。县治设立的地方，是否富裕倒在其次，主要还在于它的地理位置，要更便于民情政令的上传下达与边警的传递。

如此，将县城选在魏塘也就是现在的嘉善县，是件显而易见的事了。

舟与车的利弊，在此也一目了然。

## （三）

最显而易见的事，最简单不过的道理，有时反而是最不容易说清楚道明白。因为这里面往往会牵涉到相关方面的利害关系。关系一旦变成了利与害，就难了。

当年那位明代宣德年间的大理寺卿胡概，就面临着这么一个局面。

但毕竟胡概是站在京城的角度看地方，眼界要开阔得多，毕竟胡概是个大理寺卿，部级干部对官场的道理他也是要明了得多。他由京城至杭嘉湖平原的一路上，想必舟与车都坐过了，对于将县城设在何处，心里其实早已有了一个倾向，到地头再两处走一走看一看，定论更是了然于胸了。一个县不可能同设两个县城，于是得罪一头，永远地被这一头咒骂就成了必然。于是他一旦坐到案桌后审理这案子时，就装傻充愣，玩起了所谓"称土"的把戏来。代胡概想想也难呐，有时当个官，看似高贵得很，却偏偏要装糊涂，装无能，装昏庸，还要经得起人骂，骂就让西塘的人来骂吧。骂他这些，总比骂他是个赃官要来得强。尽管方法近乎荒唐，但"秤"在人人心中都是公平的，"土"又是不偏不倚采自两地，能堵住一方的嘴是真的了。于是就用这"称土"一法，看似糊里糊涂却又是举重若轻游刃有余地解决了这个棘手的问题。因此我想，以后若遇上有些官员们把些事情处理得莫名其妙，叫你看懂，几近于荒唐时，千万不要轻易地下结论，静下心来看一看，说不定大智慧就在后面了。

曾听一个当着高官的作家朋友说过，"凡是在部队干到师级以上，地方上当到厅级以上的干部，绝对不会有脓包，都是有道理的。"现在想来，不说现在，近六百年前的胡概就是这样的了。

与之相映证，如果高贵者真的愚蠢，那么"称土"这个荒唐的故事也就流传不到今天了。

东篱下

# 东篱下（代后记）

"采菊东篱下"这显然说的是秋天的事了，我今年六十五岁，已是进入了人生的秋天，现在来编我的这本散文集，应该是件惬意的事。

于是翻出了我写过的散文，便有种蓦然回首，在检阅自己这已度过了的，大半生的感觉。这和写一部小说，写一个剧本好像不大一样，那些都是一个时间段里的写作，写的又都是些别的事，所要倾注的思想与情感，便都是人生在那一个时间段里所特有的。而现在在故纸堆里翻出的这些散文，自己已流逝了的时光仿佛又流了回来，有的写后至今还清晰地记得，有的是早已忘记掉了；有的一直以为那应该是我散文中的上品，现在看看，也就那样了；有的当时觉得就那样，现在看看，却能给我一种意外的惊喜。怎么来编？有的朋友是把自己的散文归成了不同的类，分门别类地来编，这样的好处自不待言，缺憾之处却在于将前十年写的与后十年写的归结到了一起，文字笔墨，行文风格早已有了明显的差别，读来似乎就少了一种时空的间隔，阅读时的情绪好像就已被纳入了规定好的路径。在日本我看过一个菊花展，同样的品种，同样的大小，同样的盆子，甚至是同样花色的菊花都被子放到一起，蓦然见到确实壮观，一见得多了，乏味的情绪便就不期而至，审美疲劳了……

不是"采菊东篱下"吗？现在我编这本散文集，就是在引领着读者诸君倘徉在我的东篱下，这里的菊应是自然状态下大小不一的，也应该是杂彩纷呈姿态各异的，这样和我同行的人边走边看，偶尔信手采一朵，才会觉得有趣，才会感到心态的自在与轻松……

既然已经"采菊东篱下"，下面一句便是"悠然见南山"了。

我的家的确是住在紫金山下，这部散文集因了我曾获得过"紫金山"文学奖的长篇小说奖而出，似乎是有些切题。我家住在九楼，每天早晨眼睛一睁，第一眼看到的就是紫金山。紫金山南从西到东，一脉青山连绵数十里，天文台上穹顶是银灰色的，明孝陵享殿的大屋顶金碧辉煌，一直向东还能看到中山陵祭堂的顶端，被漫山的墨绿映衬出了宝石般的湛蓝……而一年四季，紫金山的色彩又是各不相同。春天，暗褐色的紫金山慢慢泛出了淡黄，而后渐渐转绿，几场春雨飘过，那绿便就变得盎然盛大了起来；夏至，每逢暴雨将临便是紫金山最为精彩的时节，山头起先是被浓浓的云雾笼罩着，而后压下来，一座山也就见不着了，雨来，一场暴雨下得酣畅淋漓，雨过山头清阔，蓝天白云，这时看似一望无余的山体，沟壑纵横的山谷现了，从山谷里冉冉升起的是缕缕乳白色的烟云，烟云慢慢在山谷间升腾弥漫着，一会儿飘荡到东，一会儿飘散到西，很快青翠欲滴的山头又被这白色的云雾笼罩住了，不经意间另一场暴雨便又倾盆而至；秋天总是天高气爽的，这时紫金山的色彩最为绚丽，有的树开花了，有的树变色了，鲜黄的、深黄的、褐黄色的，火一般的红色间杂其间，一整座山似乎显得是那么的层次分明，一整座山似乎又都在喧腾着，欢歌着……欢歌过后，便就是冬天了。冬天的紫金山暗淡了下来，它似乎变得深沉了。它沉默着，沉默着，在沉默中似乎等待着，果然它等到了一场大雪的降临，大雪纷飞中漫山皆白，不细看，它好像和灰白色的天融成了一体，过后的几天，冰雪在慢慢地消融，先是山底现了，后来是山腰，半座紫金山横在了眼前，白白的山头这时才若隐若现了出来……

紫金山在严寒中这时显现出了它的昂扬，显现出了它的尊严……

人生和这山一样，也是有一年四季的。因此这本散文集的篇目，我大体上是以时间的顺序来编排，这样便能多少的，大致的看出我所经历过的人生……

我两个双胞胎的小孙子以后见到这本书，我想也是能看到这些的。因为爷爷的这本书，也是写给你们的。

在汽车大白中写于中山陵邮局路<br>二〇一六年五月三十日